神奇柑仔店 9

消除痠痛地藏饅頭

文 廣嶋玲子　圖 jyajya　譯 王蘊潔

序章

有個女人站在晨霧籠罩的車站月臺上。

這個女人又高又胖，穿著古錢幣圖案的紫紅色和服，整個人散發出強大的氣場。挽在頭頂的頭髮像雪一樣白，豐腴的臉上完全沒有皺紋。她的頭髮上插了五顏六色的玻璃珠髮簪，還圍了一條黑色毛皮圍巾，看起來很時尚。

她把一個大皮箱放在旁邊，滿心喜悅的等待電車到站。現在時

間還早，所以月臺上沒有其他人。

這時，一陣微弱的貓叫聲響起，女人的圍巾也跟著動了起來。

女人急忙用手按住圍巾，用安撫的語氣說：

「喂，墨丸，現在還不可以動，這樣會被人看到啦。」

「喵嗚。」

「你不想再假裝是毛皮圍巾？真是拿你沒辦法。拜託你再稍微忍耐一下。好，只要你乖乖不動，我等一下就買豪華海鮮便當給你。」

「喵喵！」

圍巾開心的叫了兩聲，然後就一動也不動了。

女人鬆了一口氣的同時，晨霧中也傳來了電車的聲音，而且聲音越來越近。

「咦？電車好像來了。墨丸，要展開愉快的旅行啦。我們要去很多地方，吃很多美食，希望可以找到開發新零食的靈感。」

女人開心的笑著，拎起了身旁的皮箱。

1 不會暈羊羹

紅子打量四周——

人、人、人，到處都是人，簡直到了摩肩接踵的程度。

「真是受不了，好久沒來這麼大的車站了，人潮比我想像的還要擁擠。」

沒錯，紅子來到了好幾條不同路線都會停靠的大車站。車站內有各式各樣的商店和禮品店，店門口全都大排長龍。

紅子走到角落，以免擋到別人的路，然後對著脖子上的圍巾說：

「我們差不多該決定目的地了。墨丸，你覺得接下來去哪裡比較好？」

「喵嗚。」

女人身上的圍巾小聲的回答。

「什麼？你想搭新幹線？這個主意也不錯，反正難得出門旅行，乾脆搭新幹線去遠一點的地方好了。對了，我記得有個地方的梅花現在正好是花季……」

紅子小聲的嘀咕，拎著皮箱走向新幹線的售票處。

她在中途走進便當店，買了五個不同口味的車站便當。

「呵呵呵，一不小心就買多了。不過每一個便當看起來都很好吃，根本沒辦法取捨。墨丸，也有買到你最愛的豪華海鮮便當，真是太好了。」

「喵喵！」

「呵呵，話說回來，出門旅行真的會讓人很想花錢呢。」

紅子買了車票，搭上新幹線。

「嗯，我的座位是⋯⋯7D。」

第七排的D座位是靠走道的位置，靠窗的E座位上，已經有乘客坐在那裡。那位乘客是個看起來像大學生的年輕女人，她臉色蒼白的低頭坐著。

紅子覺得直接坐下很沒禮貌，於是開口對那個年輕女人說：

「不好意思，我的座位在你旁邊，我可以坐下嗎？」

百合子在奔馳的新幹線上用力閉著眼睛。她覺得天旋地轉，空空的胃好像整個都快被吐出來了。

沒錯，她暈車了。

百合子從小就會暈車，無論是搭乘汽車、電車、飛機或者是輪船，總之，她搭乘所有的交通工具都會暈眩，只要一搭上交通工具，身體就會很不舒服。

因為這個毛病，百合子從小到大都沒有好好享受過遠足或是旅行的樂趣。每次朋友都會擔心的問她：「你還好嗎？」有些不友善的同學則是覺得她很討厭，甚至還有人曾經故意大聲說：「身體不舒服的人，會影響大家的心情。」

百合子雖然對造成別人的困擾感到很過意不去，只不過她也很無奈。每次搭交通工具，她都會臉色蒼白、渾身無力的坐在那裡，

根本無法像其他人一樣吃吃喝喝，也沒辦法和同學聊天，因為只要一張開嘴巴，就好像隨時都會吐出來。

「唉，明知道會這樣，我幹麼還想不開的來搭新幹線啊？」

目前就讀大學的百合子，在高中時代有一位名叫莉子的好朋友。百合子在本地的大學就讀，莉子卻去了遠方城市的一家公司上班，兩人因此分隔兩地。睽違了好長一段時間，這次她們終於約好要見面。

身為上班族的莉子要請假很不方便，沒辦法出遠門，於是百合子就請假去找莉子玩。問題是，要去莉子居住的城市就得搭新幹

線；百合子只好很不甘願的搭上新幹線，結果當然就暈車了。

「莉子為什麼要去這麼遠的公司上班？如果她和我一樣，在本地的公司上班就好了。這樣的話，我也不必活受罪了。」

百合子忍不住在內心嘆氣。

「匡噹。」

新幹線用力搖晃了一下，接著放慢車速，似乎快要進站了。

「嗚！」

百合子急忙用小毛巾摀住臉。她事先在上頭噴了葡萄柚味道的香水，只要聞到這種清新的香氣，就能稍微舒緩想嘔吐的感覺。

她一動也不動的坐在座位上。

「不要想，什麼都不要想，把腦袋放空，這樣很快就會到達目的地，一定很快就會到了。看吧，時間很快就過去了。」百合子這麼告訴自己。

但是……她還是很想吐。

「真希望可以昏睡過去。」

正當她發自內心這麼想的時候……

「不好意思，我的座位在你旁邊，我可以坐下嗎？」

有個人用奇怪的措詞向她搭話，百合子勉強睜開雙眼。

一個身穿和服的高大女人站在她面前，但百合子看不出她的年紀，因為對方雖然一頭白髮，皮膚卻很光滑，臉上沒有皺紋，也沒有黑斑。而且這個女人的頭髮上插了很多髮簪，脖子上還圍著一條黑色毛皮圍巾，看起來很時尚。

「謝謝。」

「哦，沒問題，請坐。」

她「嘿喲」一聲，把大皮箱放在旁邊，便在百合子身旁坐了下來。

「這個女人簡直就像是相撲選手。啊，不過剛才的對話應該又打

「發了三十秒的時間。」

百合子心不在焉的想著這些事時，這個女人窸窸窣窣的打開了剛才拎在手上的塑膠袋。

塑膠袋裡裝著車站便當，而且數量不只一個。她拿出一個又一個便當，最後竟然總共拿了五個——炊飯便當、本地名產總匯便當、高級幕內便當、大肉便當，還有豪華海鮮便當。

她對目瞪口呆的百合子笑著說：

「旅行的樂趣當然少不了車站便當，只是我太貪心，一下子買太多了。你要不要吃一個，試試味道？」

如果不是正在搭新幹線，百合子一定會欣然接受，但是她現在連聞到食物的味道都會想吐。

百合子冒著冷汗，費力的搖了搖頭。

「不……我不用了。」

看到百合子用毛巾摀住口鼻，女人終於發現她不對勁，擔心的問：

「你身體不舒服嗎？」

「呃，我、我沒事，只是暈車而已……」

「原來是這樣……啊，你該不會聞到食物的味道也會想吐吧？」

女人露出傷腦筋的表情，似乎感到很抱歉。

百合子見狀更加不安，心想：「我又造成別人的困擾了。」

「呃，請、請你不要介意，儘管吃沒關係。嗚……」

「那可不行。嗯，真傷腦筋……這裡是指定席，也不能隨便換座位。」

「……」

她陷入了沉思。

這時，不知道從哪裡傳來了隱隱約約的貓叫聲。

「啊？有貓嗎？在哪裡？」

百合子大吃一驚，但女人非常鎮定，而且還開心的笑了起來。

「這樣啊，這麼說確實有道理，墨丸果然厲害。」

「啊？怎、怎麼了？」

「哦，沒事，我是在自言自語。話說回來，你運氣真是太好了。」

女人探出身體靠向百合子，她的雙眼發亮，看起來很妖媚。

「店裡的招財貓讓我帶了很多零食出門，以免我在旅途上遇到什麼問題，其中剛好有很適合你的商品。啊，你不用付錢，旅行期間我是不做生意的，因為我想好好珍惜旅途上遇到的人，嗯……就這

麼決定了！」

女人自顧自的說完便打開皮箱，從裡面拿出了某個東西。

「來，這個給你，不過一定要看清楚說明書，知道嗎？」

但是百合子還來不及看說明書，就差點吐了出來。

「不好意思！」

百合子推開那個女人，起身衝進廁所。

過了很久，百合子才終於走出廁所。

當她回到座位時，發現剛才坐在隔壁的女人不見了，也沒看到

皮箱，可能是在中途的車站下了車。

不過百合子的座位上有一個細長的東西。

那是一個黑色小紙盒，大小差不多像口香糖的外盒那樣，上面用金色的字寫著「不會暈羊羹」。

百合子忍不住把它拿了起來。

走出廁所後，她又開始不舒服了，根本沒辦法吃東西，甜食就更不用說了，應該完全不會想吃才對。

但是不知道為什麼，她被這個「不會暈羊羹」深深吸引，簡直就像是被吸走了魂魄。

「這一定是剛才那個女人留給我的，這是我的東西，我要趕快吃

掉，才不會被別人偷走。」

完。

盒子裡裝著帶有光澤的黑色羊羹，羊羹並不大，一口就可以吃

百合子忘我的打開盒子，把裡面的東西拿了出來。

百合子忍著想吐的感覺，把羊羹塞進嘴裡。

羊羹比她想像的更好吃，口感滑潤而且還有濃濃的豆沙味，結

合了黑糖的高雅甜味，形成一種難以言喻的美妙滋味。百合子原本

以為自己一吃就會嘔吐，沒想到卻輕鬆的吞了下去。

當她吃完嘴裡的羊羹，心滿意足的嘆了一口氣時，忍不住大吃

一驚。

因為原本全身不舒服的感覺漸漸消失了，身體就像喝了彈珠汽水一樣神清氣爽。

「不會吧……」

以前不管百合子吃什麼藥都沒辦法馬上見效，沒想到這次吃零食竟然可以通體舒暢。

百合子難以置信的拿起「不會暈羊羹」的空盒子，盒子背面用很小的字寫著：

錢天堂很有自信的大力推薦商品。嚴重暈車的人最適合這種「不會暈羊羹」，只要吃了這種羊羹，以後就再也不會暈車了。

「好奇怪的說明書。『錢天堂』是剛才那個人開的店嗎？不過真是太好了，原本還以為要撐不下去了。啊，我太幸福了！」

百合子恢復了精神，舒服的坐在椅子上。剛才她對搖晃的新幹線恨之入骨，現在卻覺得舒服到幾乎要睡著了。

說明書上寫著，只要吃了「不會暈羊羹」，從此以後就不會再暈車。也就是說，這種舒服的感覺會一直持續下去。雖然難以置

信，但應該是真的——不，這絕對是真的。

百合子感受著這種幸福，開始欣賞車窗外的風景。

她在目的地下車時，莉子已經來接她了。

「百合子，好久不見！」

「莉子，我好想你！你最近好嗎？」

「當然好啊。你呢？搭新幹線還好嗎？是不是一路上又辛苦的暈車了？」

「呵呵呵！我告訴你，我已經克服暈車，以後無論坐什麼交通工

具都不會再暈了。」

「真的假的！你沒騙我吧？百合子，你太厲害了。那……原本打算要好好逛街，不如我們更改行程，去『那裡』好不好？」

莉子說這附近有一家大型遊樂園，她想去那裡玩。

「聽說那裡有很多遊樂設施，很好玩。既然你不會再暈車了，搭遊樂設施應該也沒問題吧？」

「嗯嗯，我想應該沒問題。」

「太好了，那我們去那裡玩。」

其實百合子心裡還是有點害怕，因為她以前連搭普通的交通工

具都會暈車，當然從來沒有坐過自由落體或是雲霄飛車。

但是，她決定相信「不會暈羊羹」的力量。

「沒問題，一定沒問題。」

百合子在心裡默念著，和莉子一起去了遊樂園。

莉子說得沒錯，那個遊樂園很大，有各式各樣的遊樂設施，也

有很多遊客。

「我們要不要先試試那個？別擔心，那個是最普通的。」

莉子指著一個像是旋轉木馬的遊樂設施，但是那個設施旋轉的

不是木馬，而是鞦韆。遊客坐在鞦韆上，在旋轉的同時，鞦韆會因

為離心力而被甩出去。

百合子心驚膽戰的坐在鞦韆上。

然後——

她完全沒有不舒服的感覺。

「這真是……太好玩了。哇，太開心了！」

百合子有了不會暈的自信，一個接著一個玩遍各種遊樂設施。

雲霄飛車的速度讓人頭昏眼花，自由落體下墜時感覺驚險刺激，每一種遊樂設施對她來說都是全新的體驗，這種快樂的感覺讓她欲罷不能。

最後還是莉子先投降，開口要求「讓我稍微休息一下！」

玩了一整天，那天晚上，百合子住在莉子的公寓。她們吃披薩、喝葡萄酒，開心的聊天，享受了快樂的時光。

隔天，百合子搭新幹線回家時，手上拿著莉子向她推薦的車站便當和冰啤酒。

「呵呵，我以前根本不可能在搭車時吃東西，現在我要把以前的損失補回來。話說回來，上次遇到的女人真是太不可思議了，如果下次再遇到她，我一定要好好謝謝她。」

新幹線駛離車站後，百合子喝了一口啤酒。

「天啊，太好喝了！大白天就喝啤酒，簡直是人間天堂！」

正當她急著想打開車站便當的盒蓋時，突然感覺一陣反胃。

「嗚！」

轉眼間，她感覺眼前一片空白。

「慘了！廁所，要趕快去廁所。」

百合子不顧一切的衝進新幹線的廁所，然後在廁所裡整整待了一個小時。

「為什麼會這樣？不是說以後都不會再暈了嗎？難道那個羊羹失效了？」

百合子走出廁所後，感覺稍微舒服了一些。雖然臉色仍然蒼白，但她還是從夾克口袋裡拿出「不會暈羊羹」的空盒子。

盒子上可能會有生產廠商的聯絡方式，要寫信或打電話去問清楚才行。

說明文還有後續的內容。

雖然盒子上沒有聯絡方式，但百合子看到了其他文字，沒想到

錢天堂很有自信的大力推薦商品。嚴重暈車的人最適合這種「不會暈羊羹」，只要吃了這種羊羹，以後就再也不會暈車了。

注意事項：千萬不要在搭交通工具時喝酒，因為「不會暈羊羹」沒

辦法同時消除暈車和酒醉造成的頭暈。

米原百合子，二十一歲的女人。在電車上遇到紅子，紅子送給

她「不會暈羊羹」。

2 肩膀痠痛地藏饅頭

紅子走下公車，伸了一個懶腰。

「啊，去了好幾個地方觀光真的有點累了，也流了不少汗……在這裡找個地方好好泡澡吧，去哪一家好呢？」

紅子打量四周。

這裡是知名的溫泉街，街上有很多家溫泉旅館，到處都冒著白色的熱氣。路上也有很多人穿著浴衣走來走去，看起來很放鬆的樣

子。

這時，紅子瞇起眼睛，似乎想起了什麼事。

「對了，我以前曾經來這裡做過生意。當時的幸運客人，家裡就是開溫泉旅館的，不知道那家旅館還有沒有營業。」

紅子打開溫泉街的導覽地圖，立刻露出了笑容。

「太好了，還在營業呢。嗯，沿著這條路走到底再左轉，好像就到了。」

紅子看著地圖，走進一條小巷。

葵的家裡開了一家名叫「莎草」的溫泉旅館，旅館雖然不大，但溫泉很大，而且對消除肩膀痠痛很有效，所以遠近馳名。每逢假日和暑假都有許多客人上門，也有很多客人即使不住宿，也會特地來泡溫泉。

溫泉旅館忙碌的時候，葵當然也會幫忙。除了補充肥皂、洗髮精，也會拿毛巾給客人，或是用長刷子清洗露天浴池，有時候還會坐在櫃臺負責接待客人。

雖然工作很辛苦，但她絲毫不覺得在旅館幫忙是一件苦差事。

因為不僅可以拿到零用錢，聽到客人稱讚她：「你真是個能幹的年

「輕老闆娘」，葵也感到很開心。

她最喜歡看到一臉疲憊的客人在泡完溫泉後，神清氣爽的離開溫泉旅館的模樣。

「只要來我們家泡溫泉，再嚴重的肩膀痠痛也可以馬上消除。爺爺，你說對不對？」

「那是當然的，我們家的溫泉可是全日本第一呢。」

爺爺很有精神的回答。他今年已經七十歲，但依然渾身充滿了活力，是莎草溫泉旅館中最勤快的人。

葵很喜歡爺爺，但她有時候會覺得爺爺「怪怪的」。

爺爺是「守湯人」，也就是負責守護溫泉的人，每天都要檢查

溫泉的狀況。他總是背著一個空空的大籃子，在客人泡溫泉之前先

去浴池，隔了一會兒走出來的時候，身上的大籃子似乎變得很沉

重，但當葵探頭往裡頭張望時，發現大籃子裡跟原先一樣空無一物。

「爺爺，你每天都在做什麼？」

「呵呵，我在做只有我才有辦法做到的事。」

「爺爺，你告訴我嘛。」

「不行不行，這是祕密。就算我告訴你，你應該也不會相信。我

以前曾跟你爸爸說過，他根本就不相信我說的話。」

爺爺每次都這麼回答，堅持不肯說實話。但葵很想知道這個祕密，於是整天在爺爺身邊打轉。

沒想到不久之後，發生了傷腦筋的情況。

爺爺不小心閃到了腰，而且傷勢很嚴重，根本下不了床，當然也就沒辦法去檢查溫泉了。

奇怪的是，從那天開始，溫泉的水質就越來越差，客人也經常抱怨。

「我一泡進溫泉裡，就覺得整個背部沉重得直不起來，你們的溫

「我泡完溫泉以後，肩膀痠痛反而更嚴重了。」

泉是不是放了什麼奇怪的東西？」

就這樣，原本門庭若市的莎草溫泉旅館生意一落千丈，轉眼間就變得冷冷清清了。

葵的父母雖然拚命工作，努力宣傳旅館，也十分用心款待客人，生意卻沒有太大的起色。

當葵和爺爺聊起這件事的時候，爺爺不顧自己的傷勢，硬是想要下床。

「我得去浴池才行，哎喲！」

「爺爺，不要勉強，你這樣不行啦！醫生不是要你乖乖在床上再

躺兩個星期嗎？」

「哪能再等兩個星期啊！在我躺著的這段期間，要是莎草無法擺脫負面評價，後果就不堪設想了。痛痛痛痛……可惡！我、我得去檢查浴池，不去檢查不行，真的不行啊！」

爺爺懊惱得流下了淚水，看著這個情形，葵感到不知所措。

「爺爺，為什麼非你不可？」

「葵……你願意相信我接下來跟你說的事嗎？」

「雖然我不能保證，但是你說說看吧。」

「好……那我就把祕密告訴你。很久以前，在我還是小孩子的時

候，莎草的生意很差，隨時都有可能倒閉。我不想要旅館倒閉，希望能想到辦法挽救旅館的生意，但我能做的，就只有去祈求神明。

於是，我帶著所有的零用錢前往神社。」

沒想到爺爺走錯了路，當他回過神時，發現自己並不是在神社或寺廟裡，而是在一片昏暗的樹林中，還在那裡遇到了一個擺攤賣東西的女人。

「那個女人的身材很高大，簡直就像是一座小山。她的頭髮像雪一樣白，但她並不是個老太太，因為她有著柔嫩光滑的皮膚。

那個女人說自己在做行動柑仔店的生意，而且她的攤位上的確

擺了許多從來沒有見過的零食。

她說我是『幸運的客人』，還賣了一種零食給我。我吃了那個零食之後，變得能看到以前看不到的東西。

「以前看不到的東西……是鬼嗎？」

「不，不是那麼可怕的東西。總而言之，後來我運用那種能力，讓這家溫泉旅館的生意越來越好。葵，我們旅館的溫泉之所以對消除肩膀痠痛特別有效，是因為我運用了那種能力的關係。」

葵覺得不可能有這種事，差點笑了出來，但是看到爺爺的表情嚴肅得可怕，就笑不出來了。而且她仔細想了一下，發現的確是在

44

爺爺生病之後，溫泉的評價就一落千丈。

「所以……真的有這回事？」

「對，當然是真的。太遺憾了，如果可以，真希望能把這種能力交給你或你爸爸。但是好像只有吃了那種零食的人，才能擁有這種能力。」

「好不甘心，太遺憾了。」爺爺嘆著氣說。

不知道是不是止痛藥發揮了效果，爺爺很快就睡著了。

葵悄悄走出爺爺的房間，坐在一樓門口旁的櫃臺內。不久之前，這裡還有很多客人會來泡溫泉，櫃臺附近總是熱鬧得不得了，

現在卻門可羅雀，一個人都沒有。不過也因為沒有客人，所以葵可以仔細思考爺爺說的話。

葵開始左思右想。

看來莎草之前生意興隆，的確是因為爺爺具備了某種神奇的能力，但是爺爺無法把這種能力傳授給爸爸或是葵，而且照目前的情況看來，莎草很快就會倒閉了。

要怎麼做才能克服這次的難關呢？最好的方法就是葵也吃下爺爺當年吃的那種零食，這樣一來就能得到相同的能力了。但是哪裡有賣那種零食呢？而且已經過了好幾十年，爺爺當年看到的那家柑

仔店很可能已經倒閉，即使沒有倒閉，也不知道還有沒有繼續賣神奇的零食。

只能想其他方法了，但是還有什麼方法呢？要怎麼做，才能讓來泡溫泉的客人發自內心的覺得「啊，來這裡是正確的決定」呢？

葵悶悶不樂的想著這件事時，有個聲音打斷了她。

「打擾一下。」

葵抬起頭，看到眼前的景象忍不住張大了嘴巴，因為有個身材高大的阿姨，正站在櫃臺的前方。

那個阿姨頂著一頭白髮，臉卻看起來很年輕，還擦了漂亮的紅

48

色口紅。她穿著一件紫紅色的和服，頭上插了很多髮簪，看起來落大方。她的脖子上圍著一條黑色毛皮圍巾，看起來是個有錢人。

雖然來旅館的客人有千百種，但葵還是第一次看到這麼引人注目的人。

不對，這不重要。看她的外型和頭髮，不是和爺爺口中遇到的柑仔店老闆娘一模一樣嗎？

這麼一想，葵不由得緊張起來。她覺得口乾舌燥，雖然很想開口說話，卻什麼話也說不出來。

那個阿姨笑著對葵說：

「我不用住宿，只想要泡溫泉，可以嗎？」女人說。

「什麼嘛，原來只是有點像柑仔店老闆娘的客人。」

想到這裡，葵突然回過了神，急忙鞠躬回答：

「歡迎光臨！當然沒問題，我們也很歡迎前來泡澡的客人！泡澡五百元，借用浴巾和毛巾兩百元。啊，我們旅館的露天浴池很棒，也有獨立湯屋，但是要一千元。」

「哦，太好了，還有獨立湯屋。那我要獨立湯屋，另外還要借用浴巾和毛巾。」

「好，總共一千兩百元。」

阿姨付了一千兩百元，接過浴巾和毛巾。

這時，葵發現阿姨身旁放了一個很大的皮箱，那個皮箱看起來又舊又重，而且有很多刮痕。

葵覺得現在很少人會拿這種皮箱，但還是對她說：

「那個皮箱太大了，放不進置物櫃，要不要寄放在櫃臺？我會負責保管。」

「那就拜託你了。」

阿姨把皮箱交給她的時候，還特別叮嚀千萬不要打開。

「因為不知道會發生什麼狀況。」

「裡面放了炸彈嗎？」

「這怎麼可能呢？裡頭的東西比炸彈更棒、更危險。」

看到阿姨對自己眨眼的模樣，葵忍不住笑了起來。這個阿姨太有趣了，竟然會開這種玩笑。

葵帶著阿姨走向獨立湯屋。

「這裡就是獨立湯屋，你的圍巾要不要寄放在櫃臺？如果放在更衣室可能會受潮。」

「沒關係，這孩子喜歡泡澡⋯⋯不是啦，我是說我自己保管就好，謝謝你的貼心。」

阿姨面帶笑容的走進布簾內。

葵走回櫃臺後坐在椅子上，忍不住打量起那個阿姨寄放的皮箱。不知道為什麼，這個看起來十分老舊的皮箱，似乎有種神奇的魅力，一直吸引著她的目光。

「裡面裝了什麼呢？皮箱看起來沒有上鎖，要不要打開看看裡面裝的東西？不，不行不行，那個阿姨很信任我，我不能辜負她的信任。」

葵拚命克制住內心的好奇，重新在櫃臺的椅子上坐好。

那個阿姨可能非常享受泡溫泉的樂趣，過了很久都沒有出來。

這段時間，也完全沒有客人上門。

生意真的越來越差了，葵為這件事感到很難過。

這時，阿姨一臉紅通通的走了出來。雖然才剛泡完澡，但她脖子上仍然圍著那條黑色毛皮圍巾。葵看到她的圍巾有點濕，就對她說：

「啊，果然弄濕了，要不要吹風機？」

「不用了，沒關係，這孩子喜歡自然風乾。」

「這孩子？」

「啊，不，沒什麼，讓你費心了。泡完澡以後，汗水和灰塵全都

洗乾淨了，不過這裡的溫泉水質有點沉重……順平先生已經不在了嗎？」

葵的爺爺就叫做順平。

她目不轉睛的看著阿姨。

「請問……你認識我爺爺嗎？」

「對，以前曾經見過一次，但已經是很多年前的事了。」

阿姨笑了起來，似乎在懷念以前的事。葵看到她的笑容，感覺

有股電流貫穿了背脊。

就是她，她就是那個柑仔店的老闆娘。

葵克制住激動的心情，鼓起勇氣詢問：

「請問你是柑仔店的老闆娘嗎？」

「咦？你怎麼會知道？」

「因為爺爺曾經跟我說過這件事。」

葵忍不住向阿姨求助。

「求求你，可不可以也賣給我之前賣給爺爺的那種零食？我需要相同的零食，不然這家旅館可能就要倒閉了，求求你！」

「好、好，你先別激動。怎麼會這樣呢？你們會為這件事發愁，看來順平先生果然已經去世⋯⋯」

「沒有，爺爺沒有死，他還活著！」

葵著急的向她說明情況。

阿姨認真的聽葵說完以後，點了點頭。

「我懂了，原來是這麼一回事，難怪浴池裡堆了那麼多，客人也不再上門了。」

「那麼多？什麼東西那麼多？啊，這個不重要，你可以把那種零食賣給我嗎？.我會付錢的！」

「很抱歉，現在已經沒有生產那種零食了。」

「怎、怎麼會這樣！」

葵忍不住哭了出來。上天真是太會作弄人了，好不容易遇到了

神奇柑仔店的老闆娘，結果竟然已經沒有賣那種零食了。

阿姨輕輕把手放在葵的肩膀上。

「好了、好了，你不要這麼失望。我們能夠相遇也是有緣和幸

運，這件事就交給我來想辦法。」

「真、真的嗎？」

「真的，而且我接受了你的款待，當然要有所回報。可以先帶我

去探望順平先生嗎？」

「好，請跟我來！」

58

葵帶阿姨去了爺爺的房間。

一走進房間，阿姨就走向正在睡覺的爺爺，然後小聲的叫他：

「順平先生，你醒一醒，我是『錢天堂』的紅子。」

爺爺睜開眼睛後一看到阿姨，驚訝得張口結舌。

「啊，你是……那個時候的老闆娘！」

「沒錯，好久不見了。」

「怎麼可能……已經過了好幾十年……啊，這也難怪，你既然在賣那麼神奇的商品，長得和以前一模一樣也沒什麼好奇怪的。」

「呵呵呵，既然你已經了解了，那我們就來談談正事吧，因為你

好像又遇到了困難。

「對啊，你還在賣那種零食嗎？如果有的話，可以賣給我嗎？」

爺爺向阿姨求助，但阿姨笑著搖了搖頭。

「我剛才也告訴你孫女，現在已經沒有生產那種商品了。」

「這、這樣啊，看來……我的好運已經用完了。」

「快別這麼說，不要這麼輕易就放棄。你又遇到紅子我了，竟然

還說自己的好運用完了。」

「這個意思是……你、你願意幫忙嗎？」

「對，但這次我不是賣零食，而是把你的能力轉移給你孫女。」

葵和爺爺都大吃一驚，互看了對方一眼。

「能這樣做啊？」

「當然可以，這個方法很簡單，只是一旦把這種能力轉移給你孫女，你以後就看不見、也摸不到那個了。這樣沒關係嗎？」

爺爺似乎有點猶豫，但他馬上上下定了決心，點頭同意。

「沒問題，葵一定可以像我一樣妥善運用那種能力。我已經上了年紀，讓年輕的葵守護溫泉更好。」

「那你呢？你做好心理準備接受爺爺的能力了嗎？」

「雖、雖然我也不太清楚，但只要能夠保護『莎草』，我願意做

任何事。」

「這種決心很棒，那我就幫你們轉移能力。」

阿姨伸出白嫩的雙手，一手放在爺爺的眼睛上，然後把另一隻手放在葵的眼睛上。

而覺得很舒服。葵閉上眼睛，享受著這種感覺。

葵感覺到一股奇妙的熱氣滲進眼睛裡，過程中完全不會痛，反

「這樣就行了，接下來就交給你們啦。」

阿姨說「再見」的同時，鬆開了雙手。

當葵睜開眼睛時，那個阿姨已經消失無蹤了。

「啊，等、等一下！」

「葵，別追了。」

「那怎麼行，請等一下！」

葵急忙追了出去。她衝出房間，跑到旅館外頭。

那個阿姨像一陣風一樣，消失不見了，路上只有觀光客的身影。

不過葵瞪大了眼睛，因為她在行人的肩膀和後背上，看到了奇怪的東西。

「那是地藏菩薩嗎？」

沒錯，葵在許多人的肩膀上，看到了大小跟她拳頭差不多的地

藏菩薩，有的人身上只有一尊地藏菩薩，但有個人身上竟然有五尊。

葵不敢相信的揉了揉眼睛，但是不管她再怎麼揉，還是看得到

那些地藏菩薩，而且地藏菩薩還露出了可愛的笑容。

陷入混亂的葵，回到了爺爺的房間。

爺爺似乎知道發生了什麼事，一看到葵就問她：

「你是不是看到了？」

「唉？」

「那是肩膀痠痛地藏。」

「嗯，路上有很多人的肩上都有地藏菩薩……那是什麼？」

「就是會引起肩膀痠痛的地藏菩薩，身上的肩膀痠痛地藏越多，

肩膀痠痛就越嚴重。你現在去溫泉看看，一定就能明白問題發生的

原因了。」

葵聽爺爺的話走去溫泉一看，結果真的大吃一驚。

寬敞的室內浴池和莎草引以為傲的露天浴池內，都堆了許多小

小的地藏菩薩。

「我知道了，原來是這樣！」

葵跑回爺爺的房間。

「浴池裡全都是地藏菩薩！那些都是從客人肩膀上掉下來的

吧？」

「沒錯，我吃的零食是『肩膀痠痛地藏饅頭』，它的包裝紙上寫著：吃了這個饅頭的人，具有摸一下溫泉的水就能去除肩膀痠痛地藏的能力。跟包裝紙上寫的一樣，我用手攪動溫泉的水以後，溫泉水便可以去除客人身上的肩膀痠痛地藏。但是如果遇到很黏人的地藏菩薩，即使它從一個人的身上掉落，還是會黏到其他人的身上。」

「所以有很多客人說，他們肩膀痠痛的情況越來越嚴重，原來是因為從其他人身上掉落的地藏菩薩，黏到他們的身上了。」

「就是這麼一回事，為了避免這種情況發生，我以前每天都會去

巡視浴池，隨時把掉落的肩膀痠痛地藏菩薩撿走。不然就算打掃時把浴池的水都放光了，那些地藏菩薩也不會消失。現在你應該知道該怎麼做了吧？」

葵當然知道。

從那天開始，葵就代替爺爺每天去檢查溫泉，把沉積在浴池裡的肩膀痠痛地藏撿起來，然後一個一個的放進籃子裡。

接著按照爺爺教她的方法，把蒐集到的肩膀痠痛地藏菩薩全都放在庭院內陽光充足的地方。這些地藏菩薩會像冰塊照到陽光一樣，變得越來越小，最後終於消失不見。

因為葵的努力，莎草溫泉旅館的風評越來越好，客人終於又繼續上門了。

現在，葵和腰已經不痛的爺爺一起坐在櫃臺接待客人。

當客人走去泡溫泉時，爺爺就會小聲的問葵：

「剛才的客人看起來很痛苦，身上是不是有八尊？」

「你猜錯了，總共有九尊。」

「哼，竟然猜錯了。但是有九尊還真是辛苦啊，希望他好好泡我們家的溫泉，擺脫這些地藏菩薩。」

爺爺失去了原本的能力，所以看不到肩膀痠痛地藏菩薩，但是

他開心的說，只要像這樣和葵聊天，就跟自己能夠看到沒什麼兩樣。

「希望柑仔店老闆娘能再來我們這裡，我一定要好好款待她。」

「啊，這是個好主意。但是真的太可惜了，現在已經不生產的

『肩膀痠痛地藏饅頭』真的很好吃。」

「沒關係，搞不好下次又會繼續生產了。啊，說不定下次會生產

對腰痛很有效的零食。」

「如果是真的那就太好了。那麼零食的名字……要取『腰挺挺栗

子羊羹』嗎？」

「很有可能喔！」

葵和爺爺開心得哈哈大笑。

佐伯葵，十二歲的女生。在溫泉旅館遇到紅子，繼承了祖父的

「肩膀痠痛地藏饅頭」能力。

3 隱形貼紙

喀嚓！

久司舉起相機，迅速的按下快門。

他覺得這張照片拍得很不錯，但是當他看到剛才的成品後，立刻感到失望不已，因為照片的角落拍到了一個陌生大叔的腦袋。

「可惡，又失敗了。」

他忍不住嘆了一口氣。

這裡是全國屈指可數的百花公園，種了許多在不同季節盛開的鮮花，所以一年四季都可以來這裡賞花。

其中最有名的就是梅花。每逢賞梅季節，白色和粉紅色的梅花競相綻放，而且香氣宜人。被這種高雅的香氣包圍，簡直就像置身在天堂，所以公園內總是擠滿了觀光客，到處都是拿著相機和智慧型手機不停拍照的人。

久司帶了自己愛用的相機來拍照，結果卻被困在人群中遲遲無法前進，必須費九牛二虎之力才能走到中意的景點。不過，更令人火大的是，到處都是人，根本拍不到好照片。

久司比起人物照，更喜歡拍攝大自然的風景，或是只有草木的照片。現在公園裡人這麼多，無論拍什麼都一定會拍到人。

今天星期六也是人潮眾多的原因之一，雖然他很想在非假日的時候來這裡，但他是上班族，平日都要上班。

遲遲拍不到好照片，久司不由得心浮氣躁，覺得在花前比出勝利姿勢的大嬸很討厭。

「太礙眼了，趕快走開啦。唉，真希望有一臺只會拍到自己想拍景色的相機。」

正當他這麼想的時候，有人向他搭話。

「不好意思，可以麻煩一下嗎？」

久司不耐煩的轉頭一看，頓時大吃一驚，因為他看到一個又高又大的阿姨。

那個阿姨真的很高，比久司還高十公分，而且體型很胖，還圍著一條黑色的毛皮圍巾，身穿紫紅色的和服，看起來氣場更加強大。她豐腴的臉龐看起來很年輕，頭髮卻像雪一樣白，久司以前從來沒有見過這種人。

她笑著把相機遞給驚訝的久司。

「可以請你幫我拍一張照片嗎？」

這個阿姨的相機一看就知道很老舊，幾乎是臺古董了，難以相信這種古董相機還可以拍照。

久司緊張的接過相機。

「這臺相機太厲害了，應該很有歷史吧？」

「對，這是很舊的相機，但有新相機拍不出來的味道。啊，只要按那個按鈕就可以拍了。」

「沒問題。啊，既然要拍，你稍微往左一點，可以把背景的花拍得更漂亮。」

「這樣嗎？」

「再往左一點，好，就是那裡。」

如果是她的話，為她拍照也沒問題。應該是說，久司打從心底很想為她拍照。

久司突然變得很熱心，小心翼翼的舉起相機，然後按下按鈕。

喀嚓，相機發出了清脆的聲音。

「咦？」

久司忍不住眨了眨眼睛，因為他在按下按鈕的時候，覺得這個阿姨脖子上的圍巾好像抬起了頭，看起來像是一隻很大的黑貓。

他急忙又看了一下，當然沒有看到貓的身影。

「我的眼睛太疲勞了嗎？」

久司偏著頭感到納悶，她則滿臉笑容的向他道謝。

「謝謝你，一定拍得很好，可以成為旅行的回憶。對了，要不要幫你拍呢？」

「啊，不用了，我不想拍。我喜歡拍照，但是不習慣別人幫我拍。」

「原來是這樣，你的相機很高級呢。」

她指著久司心愛的相機，久司忍不住得意起來。

「是啊，我對它一見鍾情就買了，幾乎花光了我所有的年終獎

「金。」

「那拍出來的照片一定很棒。」

「就算相機再怎麼好，這裡人太多了，根本拍不到好照片。」

看到久司用厭世的表情看著周圍的人，她的眼睛一亮。

「這樣啊。既然如此，我送你一樣好東西，算是答謝你為我拍

照。」

「對。」

「好東西？」

這個阿姨點了點頭，從小手提包裡拿出一樣東西遞給久司。

那是一張妖怪形狀的半透明貼紙，差不多像五百元硬幣那麼大。那不是普通的薄質平面貼紙，而是微微隆起的立體貼紙。

「這是貼紙嗎？」

「對，這叫『隱形貼紙』。只要把它貼在相機上，即使在人多的地方拍照，也可以把所有人都隱形，只拍到漂亮的風景，所以很好用。」

這個玩笑太好笑了。久司原本想要笑，但是他笑不出來，因為他覺得她手上的貼紙看起來閃閃發亮。

「我好想要。」久司這麼想著，忍不住吞了一口口水。

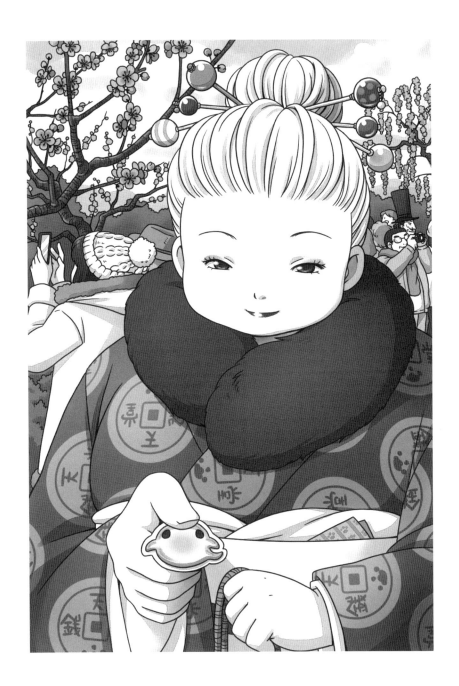

明明已經不是小孩子了，自己卻這麼想要這種貼紙，簡直是莫名其妙。而且她竟然說這是可以把人隱形的貼紙？真是太可笑了，

可是……啊，久司打從心底好想要那張貼紙。

「你、你真的要送我嗎？」

「對啊，這是謝禮，你就收下吧，不必客氣。」

「謝、謝謝你。」

久司接過貼紙時，有一種得到寶物的感覺。自從買了相機之後，他從來沒有這麼高興過。

正當他還在納悶的時候，她對他說了句「那我就告辭了」，便

轉眼消失在人群之中。她最後似乎還說了「貼上之後……不要撕下

來……」這類的話，可是久司並沒有聽到。

當他終於回過神後，久司照著那個阿姨說的，把貼紙貼在相機

上。他當然不相信「可以把人隱形」這種話，只是覺得這樣做比較

好，畢竟他真的很不想把貼紙貼在心愛的相機上。

「我的腦波真是太弱了，竟然會聽那個阿姨的話，真的把貼紙貼

在相機上。天啊！」

「喂，你不要站在原地不動。這裡很擠，趕快往前走啊。」

「對不起。」

久司苦笑著再度邁開腳步。

他看到一大片綻放的漂亮白梅，就像雲朵一樣聚集在一起。他無論如何都想要拍下這個景緻留作紀念，其他人當然也有同樣的想法。但白色梅花的周圍人滿為患，每個人都在拍照，根本無法靠近。

久司覺得可能要等很久才有辦法近距離拍照，於是決定遠遠拍幾張打發時間。

他拍了幾張之後，立刻檢查拍出來的成果。

「嗚哇！」

他忍不住發出奇怪的叫聲。這也難怪，因為照片中只有白色的

84

梅花，完全沒有半個人影。現場人山人海，但照片把這些人都隱形了，簡直就像是原本就沒有人在場。

久司迫不及待的再次舉起相機，隔著鏡頭，可以看到聚集的人潮，這是理所當然的事。

但是——

他拍的照片還是沒有半個人，就連個影子也沒有。

陷入混亂的久司，這時才終於想起「隱形貼紙」的事。

「原來⋯⋯是真的？那個阿姨沒、沒有騙我？」他走遍整個公園四處拍

雖然難以置信，但事實似乎就是這樣。

照，每張照片上都沒有拍到人。

原本的驚訝立刻變成了喜悅。對於只想拍風景照的久司來說，

這簡直太棒了。

「太好了，以後我可以盡情拍照了。」

久司比以前更沉迷攝影，他去各大知名景點拍攝，不管景點的

人潮再怎麼擁擠都和他無關，他可以想拍哪就拍哪。

以前拍照的時候都要等很久，得等到周圍沒有人才能按下快

門。現在他想拍什麼，只要舉起相機就可以馬上拍，而且拍出來的

照片都很出色，想拍幾張都沒問題。

久司拍的照片完全沒有人影，看起來既壯觀又漂亮，甚至還帶有一點神祕感。大家都說他的照片拍得很棒，甚至在公司也很出名，也有同事想收藏久司拍的照片。

有一天，公司的前輩對久司說：

「我有一件事想要拜託你。」

「橫田哥，有什麼事？」

「我舉辦婚禮的時候，可不可以請你當攝影師？因為我沒有找職業攝影師的預算。真的很不好意思，可不可以請你幫個忙？」

久司考慮了一下。雖然他不喜歡拍人物照，但是這位前輩很照

顧他，於是就一口答應，當作是回報前輩平時對自己的照顧。

「沒問題。」

「真的嗎？謝謝你，感激不盡！」

但是，久司在答應之後才想到一個問題。

自己的相機沒辦法拍到人影，這樣根本不能當婚禮攝影師。要向別人借相機嗎？不行，還是用自己熟悉的相機比較好。但是該怎麼辦呢？要怎麼解決這個問題？

這時，久司想到了一個好主意。

「對了，只要在婚禮的時候把『隱形貼紙』撕下來就好了，等拍

完婚禮再把貼紙貼回去，這樣就沒問題了。」

婚禮的前一天，久司小心翼翼的把「隱形貼紙」從相機上撕下來，然後把撕下的貼紙收好，拿起相機試拍了一下路人。

「很好，拍得到人就表示變回正常的相機了。不過像這樣可以拍到人，感覺有點怪怪的。」

隔天，久司在前輩的婚禮上拍了很多照片，除了為新郎、新娘拍照，也拍了開心喝酒的親戚、客人，還有同事。每張照片都拍得很出色，大家都很高興。

「真的很感謝你。」久司的前輩說。

「照片拍得很生動，簡直就像可以聽到聲音。」一個同事說。

「你有空的時候，可不可以把這張照片傳給我？」

「啊，我也要。明年我結婚的時候，可不可以也找你當攝影師？」另一個同事說。

「好啊，小事一樁。」

久司點了點頭。大家對他讚譽有加，讓他感覺心情很好。雖然他工作方面不太行，但能在這方面能對大家有所助益，讓他充滿了自信。

不過他還是不喜歡拍人物照，心中暗自決定只在受人之託時才

拍。前輩包了紅包給他，所以他打算在下個休假日日出遠門去拍瀑布。

到了星期六，久司興致勃勃的出了門。他先搭電車再換乘公車，去了很遠的山上。

當然，他也把「隱形貼紙」貼回相機上了。之前曾把貼紙撕下來，他原本還擔心黏性會變差，但看到貼紙和之前一樣牢牢的黏在相機上，他便鬆了一口氣。

他先試拍了幾張照片，發現相機已經恢復至不會拍到人物的效果。

「這樣就沒問題了。」久司興奮的朝瀑布前進。

他想要拍的瀑布周圍聚集了很多觀光客，因為最近電視上介紹了這個景點，所以人潮變得比之前還要多，到處都是熱鬧的笑聲和按快門的聲音。

如果是以前，久司一定會皺著眉頭，在心裡暗罵現場的人「別一直在這裡影響畫面，趕快閃開啦」，但是現在可不一樣了。他心情愉快的決定了最佳角度，根本不在意現場的人，接連按下好幾次的快門。

久司覺得今天拍了不少好照片，便帶著愉快的心情回家。沒想到，當他用家裡的電腦看照片時，卻發現了一件奇怪的事。照片裡

的瀑布旁有一個白色身影，看起來像是人影。

「這是怎麼回事？為什麼會拍到這個人！」

難道是因為曾經把「隱形貼紙」撕下來，所以效果變差了嗎？

久司感到很失望，接著又檢查了其他的照片，沒想到每張照片上都有那個白色人影，他忍不住感到氣憤不已。

「到底是誰啊？」

久司心浮氣躁的把照片放大後，忍不住發出一聲慘叫。

他拍到一位穿著白色洋裝的女人，但是照片並沒有拍得很清楚，因為那個人沒有臉，臉的部分光溜溜的，沒有鼻子也沒有眼

晴，但是那個人很明顯是正對著鏡頭，好像在看久司。

「怎、怎麼回事？這一定是光線的關係，所以看起來像是拍到了奇怪的東西。」

雖然他逞強的這麼想，卻仍然覺得心裡發毛，最後還是刪除了當天拍的所有照片。

為了消除心裡的疙瘩，久司拿著相機出門。雖然現在已經天黑了，但是今晚的滿月很美，將整個城市照得很明亮，風也很舒服，久司的心情漸漸平靜下來。

「真是的，我怎麼會像小孩子一樣害怕？不可能會有靈異照片

啦！」

他這麼想著，來到了河岸。滿月剛好映照在河面上，感覺很有氣氛。

「在這裡拍一張吧。」

久司按下快門，但是當他確認照片時，再度發出了尖叫。

又出現了，那個身穿白色洋裝的無臉女人就站在河的對岸。

而且不只那個女人，照片裡還拍到一位身穿破爛軍服的男人，

他站在前方的橋上，而且斷了一隻手臂。

他急忙看向橋的方向，當然沒看到那個男人。

「為什麼？怎麼會這樣？」

久司雖然感到很害怕，卻再次拿起相機胡亂拍了一張照片，然

後心驚膽戰的按下確認鍵……

螢幕上出現了身體透明的小孩，看起來大約五歲左右，而且人

數超過十人。他們從河岸旁的草叢中探頭望向河岸路上，而且全都

直視著久司。

「哇啊啊啊啊啊！」

久司嚇得把相機丟了出去，相機掉入河中，但久司已經崩潰

了，根本管不了那麼多。

久司心想，要趕快逃離這裡才行。

他不顧一切的逃回家，用被子蒙住了頭。

那天晚上他嚇得無法入睡，一整晚都在發抖，但是到了第二天早上，天亮之後他又稍微有了一點勇氣。

「既、既然我被鬼附身了⋯⋯那得想想辦法才行，是不是要去神社之類的地方收驚？」

因為不知道該怎麼辦，於是他上網查詢了一下。他搜尋了解除詛咒的方法、相機、照片等關鍵字，看到了很多相關資訊，幾乎都是一些靈異故事，看起來沒什麼用。

不過其中有一個網頁的內容引起了他的注意。

「詛咒的相機？」

久司全神貫注的看著那篇文章。

「如果這世界上有被詛咒的相機，會發生什麼事呢？如果有拍不到人，卻可以拍到靈異現象的相機會怎麼樣呢？

事實上，的確有這種相機。只要使用這種被詛咒的相機，就可以將人澈底隱形，只拍到鬼的身影。相機的主人A先生為此傷透腦筋，聽說有些鬼還會附在A先生的身上，祂們可能是對『終於有人發現我的存在』而感到很高興。A先生去世之前曾說過好幾次『我

錯了，既然貼上去了就不該拿下來，都是我犯了大錯才會拍到那些

東西』……」

續。

光看這些內容就夠讓久司心驚膽戰了，沒想到這篇文章還有後

「很可惜，這臺曾經拍到很多靈異照片的相機，最後被相機主人

的家屬送去寺院供養了，不過當地的相機收藏家有拍攝到那臺相機

的樣子，以下就是那臺相機的照片。」

文章下方放了一張舊相機的照片。

看著電腦螢幕的久司，忍不住瞪大了眼睛。

因為那臺相機上，就貼著「隱形貼紙」。

向井久司，二十六歲的男人。在觀光勝地遇見紅子，得到了「隱形貼紙」。

4 無底洞魷魚

英也是大家眼中的「任性小孩」，只要有什麼事不如他的意，他就會馬上翻臉。他覺得這也是沒辦法的事，畢竟不喜歡的事就是不喜歡。

這一天，英也又不高興了。

「為什麼這麼不開心啊？」

照理說，一家人難得出來旅行，今天應該是個開心的日子。這

次安排了兩天一夜的旅程，白天在遊樂園玩，晚上住在一家高級飯店，還可以開懷大吃美食。

自從決定了這次的旅行，英也就一直既期待又興奮。

沒想到在旅行當天，所有的事情都像在故意和他唱反調。

早上英也睡過頭，害得全家人都沒辦法吃早餐，就急急忙忙的衝出了家門，好不容易趕上新幹線後，大家都對他破口大罵。

而且比他大五歲的哥哥數馬在新幹線上也搶先一步，坐走了靠窗的座位。

「太可惜了，先搶先贏！」

英也很生氣。他原本計畫好搭新幹線時一定要坐在靠窗的座位，結果因為哥哥的關係，害他沒辦法在旅行途中看到富士山。

而且倒霉的情況並沒有結束，英也在遊樂園裡也遇到了不幸，他想要玩的遊樂設施竟然在維修中，所以沒辦法玩。

「你不要露出這種表情，不是還有很多好玩的遊樂設施嗎？」

「正在維修有什麼辦法，不要再擺臭臉了，我買爆米花給你。」

雖然爸爸、媽媽這麼勸他，但他還是很生氣。

英也心想：今天從早上開始就一直很不順利，現在僅剩的樂趣就只有在飯店吃晚餐了。今天的晚餐是自助餐，可以盡情吃自己喜

歡的食物，所以他絕對不要吃蔬菜，一定要吃肉和蛋糕吃到飽。

沒想到走進飯店辦理入住手續時，英也發現了一件傷腦筋的事。

那就是——再過三十分鐘就要吃晚餐了，但是他的肚子一點都不餓，因為剛才在遊樂園太貪心，吃了太多爆米花。

「這下慘了……早知道就聽媽媽的話了。」

買爆米花時媽媽對他說：

「買小份的爆米花就好，不然你晚餐會吃不下。」

「不要！我就是要吃大份的，趕快幫我買大份的啦！快買、快買

嘛！」

哥哥數馬對大聲嚷嚷的英也皺起了眉頭。

「你這樣很丟臉，都已經小學三年級了，竟然還在吵什麼快買、快買。」

「不用你管，和你又沒有關係。媽媽，不用擔心，即使買大份的我也會乖乖吃晚餐，快買嘛！」

「真拿你沒辦法。」

媽媽對大吵大鬧的英也無計可施，心不甘情不願的為他買了大份爆米花。英也一個人把爆米花都吃光了，因為他說那是他的，完全沒有分給哥哥數馬和爸爸。

但是他現在才發現，自己當時做錯了。如果分給家人一起吃，現在肚子就不會這麼撐了。

英也氣鼓鼓的嘀咕著。

「都是媽媽害的，都怪媽媽這麼寵我。」

但是現在生媽媽的氣也沒有用，他得讓胃裡的食物趕快消化才行。

眼前有這麼多美食自己卻吃不下，那種情況簡直太慘了。

英也說了句「我去庭園散步」，然後就走出了房間。

飯店的庭園很大，種了很多花草樹木，但是因為時間已經接近傍晚，庭園裡幾乎沒有半個人。

英也快步走了起來。

「肚子裡的食物趕快消化吧！快點肚子餓吧！趕快、趕快！」英

也這麼想著。

在走了一小段路之後，他來到一片有點高的小樹林。

他聽到了說話聲。

有人在小樹林裡。

英也悄悄走向樹叢，探頭向樹叢內張望。

樹叢內有一位穿著和服的高大阿姨，她面對著一隻很大的黑

貓，旁邊還有一個皮箱。她應該是住在飯店的客人。

但是一看這個阿姨，就知道她不同尋常。她的頭髮像雪一樣白，臉卻看起來很年輕，完全沒有皺紋，而且她躲在樹叢裡做什麼？

英也屏住呼吸觀察情況。

阿姨正在對一隻黑貓說話，英也可以清楚聽到她嫵媚的聲音。

「墨丸，你聽好了，從進飯店到房間這段期間，你都不能發出聲音喔。作為獎勵，我今天晚上訂了奢侈的豪華大餐。」

「喵嗚？」

「對，我預訂的豪華大餐有螃蟹，等我們進房間就可以好好享用

「喵喵喵喵！」

黑貓開心的叫了起來，牠跳到阿姨的肩膀上，然後身體一下子變得又平又長，轉眼就變成了一條毛皮圍巾，繞在阿姨的脖子上。

從頭到尾看著這個情況的英也，嚇得差點腿軟。

「竟、竟然可以這麼做！我知道了，她是巫婆，絕對錯不了，那個阿姨一定是巫婆，會使用魔法。」

想到這裡，英也覺得可以趁機利用一下這個巫婆。

「沒錯，根本用不著害怕，那個阿姨應該不希望別人知道她是巫

了。」

婆，所以才會想要偷偷摸摸的溜進飯店。只要搞定她，她說不定會照我說的去做。」

英也雖然有點害怕，但還是撥開樹叢走到阿姨面前。

那個阿姨嚇了一跳愣在原地，英也故意目中無人的說：

「這樣不好吧，把貓帶進飯店不好吧？」

「咦？你在說什麼？」

「你裝糊塗也沒用，我剛才全都看到了，我知道你的圍巾是一隻貓。」

「⋯⋯」

英也對露出嚴肅表情的阿姨笑了起來。

「別擔心，只要你在我身上施魔法，我就不會把這件事告訴別人。」

「魔法？」

「對啊，你是巫婆吧？趕快把魔法用在我身上，我現在遇到了麻煩。」

「⋯⋯」

「如果你拒絕，我就會去告訴飯店的人，這樣也沒關係嗎？」

英也趾高氣昂的出言恐嚇，但那個阿姨只是目不轉睛的低頭看

著他。英也覺得她原本就很高大的身體，突然變得更加巨大了，心裡有點發毛。

「失敗了嗎？威脅巫婆太危險了，還是算了吧。」

正當他這麼想的時候，那個阿姨笑了起來，似乎是在憐憫英也。

「第一，紅子我不是巫婆，所以無法在你身上施展魔法。」

「什麼嘛？你說謊！」

「這是真的，我不會使用魔法，但是小弟弟，我可以讓你挑選運氣。」

話一說完，阿姨便打開了皮箱。皮箱裡放滿了英也從來沒有看

過的零食和玩具，有時尚酥餅、護身貓、心動餅乾、睡眠薄荷茶、刷牙堅果、化妝蘋果、細節陀螺、全新徽章、萬人迷麻糬、現釣鯛魚燒。

阿姨用嫵媚的聲音，對目瞪口呆、說不出話來的英也說：

「來，你可以挑一個喜歡的，隨便挑哪個都行，你可以選一個你最喜歡的。」

「只能挑一個？」

英也回過神後嘟著嘴說：

「明明有這麼多，竟然只給我一個，你也太小氣了吧。」

「一個就足夠了。你要挑一個，還是都不要？你自己決定。」

「好吧，那我就挑一個。」

英也嘟著嘴，探頭看向皮箱內的商品。

他忍不住看得出神，因為每一樣東西都很迷人，但是只能挑一個，那就要選最好的。「金運蘋果」好像很不錯，但「迷人軟糖」感覺也挺好的。

正當他這麼想的時候，有個零食吸引了他的目光。

那是一種又扁又薄的零食，裝在長方形的白色塑膠袋裡，袋子上畫了一個人，就像是那種畫在廁所和號誌燈上的簡單圖案。

但是那個人形圖案有一個地方不一樣，因為它清楚的畫出了身體裡的胃，在紅色的胃裡，有個像是異形的黃色東西，而且那個東西有一個尖尖的三角形腦袋，還長了很多觸手。

「是魷魚，魷魚在人的胃裡。」英也看到塑膠袋上用大字寫著

「無底洞魷魚」這幾個字。

好奇怪的零食，感覺有點可怕，但英也的內心在吶喊著他想要

這個，無論如何都想要！

「這個，我要這個！」

「喔，你果然選了這個。」

「怎麼樣？我不能選這個嗎？」

「不，只是和我想的一樣。好，這樣就成交了，我先告辭，因為辦理入住手續的時間快到了。至於剛才的事……你就不必操心了，沒問題吧？」

阿姨用低沉的聲音叮嚀，英也有點畏縮，但還是點了點頭。

「嗯，我知道啦，就算在飯店看到你，我、我也不會向你打招呼。」

「很好，那就再見了。」

阿姨關起皮箱，大搖大擺的朝飯店走去。

英也一直看著她，直到她的背影完全消失，因為他擔心那個阿姨可能會對他說：「我不想送你了，把零食還給我。」

「太好了，這是我的，我絕對不會還給她。」

英也緊緊握著手裡的零食，盯著阿姨離去的背影。

但是那個阿姨頭也不回的離開了。

英也鬆了一口氣，仔細打量手上的「無底洞魷魚」，越看越覺得這是個好東西。他覺得心滿意足，因為得到了很棒的東西。

哥哥看到一定會很想要，搞不好爸爸、媽媽也會想要，但是英也絕對不會把它分給其他人。

「好，我現在就把它吃掉。」

英也撕開了塑膠袋。

塑膠袋裡裝了一片又皺又扁的棕色魷魚乾，它好像是用一整尾魷魚晒乾製成的，從頭到腳都很完整。

英也張開嘴巴咬了一大口。

他平時不怎麼愛吃這種零食，但是這個魷魚乾實在太好吃了，帶有淡淡的鹹味，越咬越鮮美，而且嚼勁十足，非常有彈性，是很適合細細品嚐的零食。

但是貪心的英也一心只想著趕快吃完，幾乎沒什麼咀嚼，就把

魷魚乾吞了下去，差一點就卡在喉嚨裡，幸好最後全都吞下去了。

「很好，這樣就不會被人搶走了。」

正當他鬆了一口氣時，數馬迎面走來。

「英也，原來你在這裡，快跟我來，我們要去吃飯了。」

「喔，好。」

「喔，慘了。」英也忍不住感到後悔，他終於想起自己原先為什麼來庭園散步了。

原本是為了讓胃裡的食物消化才來這裡，結果又吃了魷魚乾，自己真是太糊塗了。都怪那個阿姨，真不應該讓她用零食哄騙過

去，而是要她對自己施展魔法才對。好，等一下要向飯店的人告密，說有人帶貓住飯店。

英也想著這些事，把「無底洞魷魚」的空袋子塞進了口袋。如果被媽媽看到一定會挨罵，所以他打算等一下再偷偷拿去丟掉。

就這樣，英也和家人會合後，一起走去飯店的餐廳。

寬敞的餐廳中央放著很長的桌子，桌面上放滿了各式料理。

小小的蘇打餅乾上放了不同口味的乳酪，還有五彩繽紛的開胃菜、沙拉、雞肉、牛排、漢堡排、義大利麵、炸蝦，還有生魚片、燉菜、蕎麥麵、咖哩和奶油燉牛肉。

當然也有甜點，有好幾種蛋糕、派、布丁、果凍、冰淇淋，還有十種水果，甜點的種類也很豐富。

「好，我要大吃特吃！」

「數嗎，這樣吃相太難看了，但是媽媽今天也要大吃一頓！」

「我一定要吃螃蟹，鮪魚看起來也很不錯。」

全家人都很興奮，只有英也悶悶不樂。

眼前有這麼多美食，但自己竟然一點都不餓。都怪白天的爆米花，還有剛才的「無底洞魷魚」。但是，要是什麼都不吃，未免太可惜了。所以英也在盤子裡裝了牛排、焗烤洋芋、漢堡排和炸雞塊，

就這樣回到自己的座位。

「咦？英也，你只吃這麼一點嗎？」

「嗯，我先嚐嚐味道。」

「這樣啊，呵呵！你們看數馬，食物都快從盤子裡掉出來了。」

媽媽說得沒錯，數馬的盤子裡裝了各種食物，簡直就像是一座小山。

英也看了羨慕不已，同時把牛排送進了嘴裡。

真好吃。牛排很多汁，再吃一口應該也沒問題吧？炸雞塊看起來也不錯。

再吃一口，再吃一口。

等英也回過神時，才發現盤子已經空空如也。沒想到自己竟然把食物都吃光了。

英也這次拿回座位的料理比剛才更少，不過他依然把食物吃得一乾二淨。

「既然這樣，應該可以再多吃一點，這些料理實在太好吃了。」

「太奇怪了。」英也發現了一件事──他仍然不覺得肚子餓，但是再多的東西他都吃得下，而且不管怎麼吃也不會覺得太撐。

「這該不會⋯⋯是魔法？對，一定是這樣。因為吃了『無底洞魷

魚』這種零食，讓我的胃變成了無底洞。那個阿姨嘴上說自己不會魔法，但最後還是送給我有魔法的零食。」

這麼一想，英也頓時覺得渾身是勁。

太好了，這樣就能大吃特吃，瘋狂吃到飽了！

英也站起來，拿了比數馬更多的料理回來。他裝了一盤又一盤的食物，把所有食物全都吃進了肚子。

漸漸的，周圍的人也發現英也食量驚人。

「那個孩子好厲害。」

「太猛了，他是大胃王嗎？」

成為眾人矚目的焦點，英也感到很得意，但爸爸、媽媽一臉擔心的制止他。

「英也，你、你吃太多了。」

「不要再吃了，會把肚子吃壞。」

「沒事，我還可以繼續吃。」

「有問題，這絕對有問題。」

「喂，英也。」

「吵死了，我都說沒事啊，自助餐不是可以吃到飽嗎？既然這樣，就讓我開懷大吃啊。」

英也說完又繼續吃了起來。其他客人吃飽後便一一走出餐廳，只剩他一個人還在狼吞虎嚥。

最後，直到飯店的工作人員走過來說：「餐廳的營業時間即將結束。」才委婉的把英也趕了出來。

工作人員說話時臉色十分蒼白，英也卻故意使壞，對他說：「我很期待明天的早餐喔。」看到那名工作人員聽完話後，變得更加面無血色，英也開心得不得了。

英也不理會家人用害怕的眼神看著自己，心滿意足的上床睡覺。

睡到半夜時，英也突然醒了過來。

肚子好餓。

他最先閃過這個念頭。

當他坐起來之後，發現肚子變得更餓了，簡直是餓到前胸貼後背，必須馬上吃東西。

他在房間裡翻找食物，結果只找到果汁。其他家人都睡得很熟，如果把他們吵醒，一定會挨罵。

他發現肚子越來越餓，餓到連胃都開始痛了。

「不行，不能繼續忍耐了。」

英也搖搖晃晃的走出房間。他聞到一股氣味，雖然味道很淡，

但他知道那是食物的香氣。

「食物，有食物。」

英也朝香氣飄來的方向前進。他的腦袋昏昏沉沉，滿腦子只想著要吃東西。

不一會兒，他來到一間很大的房間，裡面一個人也沒有。雖然房間內很昏暗，但他隱約看到了許多鍋子和烤箱，這裡應該是飯店的廚房。

但是他一點也不在意烤箱，英也尋找著他想要的東西，最後終於找到了一個巨大的冰箱。

他打開冰箱，發現裡面放滿了火腿和乳酪，許多保鮮盒內還裝了醋醃料理、醬菜、白煮蛋和炸肉丸等已經做好的食物，水果、蔬菜、果醬和麵包也很豐富。

「太好了，找到食物了。」

英也拿出一大塊火腿，當他咬下第一口的時候，記憶中斷了。

「喂！來人啊！廚房！食材！」

英也聽到慘叫聲，才終於回過神。

「啊，咦？這裡是哪裡？」

他的眼前有一個巨大的冰箱，冰箱門開著，但是裡頭幾乎空無

一物，而且他的腳下全都是空的保鮮盒、果醬瓶，以及撕開的塑膠包裝紙。

英也搞不清楚眼前的狀況，不知所措的看著周圍，這時牆上的時鐘正指著數字五。

「凌晨五點？太奇怪了，我不是和大家一起在房間裡睡覺嗎？」

英也這麼想著的時候，幾個戴著白色廚師帽，繫著白色圍裙的人衝進了廚房。他們一看到英也和空空的冰箱，全都大吃一驚的愣在原地。

「不、不會吧！」

其中一個人發出驚訝的叫聲，其他人也跟著大叫出來。

「冰、冰箱真的空了！你、你都吃光了嗎？你、你是妖怪嗎？」

「你要怎麼賠償啊！」

「喂，這是誰家的孩子！他的父母呢？是住在飯店的客人嗎？」

「沒錯，他是503號房客的小孩，昨天晚上吃自助餐時，他就

一個人在那裡狂吃。」

「太誇張了！昨天晚上吃那麼多，還跑來廚房偷東西吃嗎？簡直

難、難以置信。」

「你看啊，冰箱裡的食物被吃光了，事先做好的湯和燉菜也全沒

了。

「麵包也被他吃光了！怎麼辦？這下子沒辦法為客人準備早餐

啊！

「現在去買也來不及了！」

「趕快去採買。」

「啊，可惡！現在怎麼辦啊！」

聽到大人們怒氣沖沖的大聲討論，英也嚇得縮成了一團。

仔細一看，他發現自己周圍都是食物碎屑，手指和嘴巴周圍也

又髒又黏。難道自己真的像他們說的那樣，把飯店的食物都吃光了

嗎？

這時，英也的父母跟著身穿黑衣的飯店人員跑進廚房。

「英也！你、你怎麼會這樣！」

「不、不是啦！」英也不加思索的大叫，「不、不是我，是巫婆！都是巫婆搞的鬼！」

「英也，你⋯⋯」

因為媽媽哭了起來，英也顯得越來越慌亂，拚命向飯店的人解釋。

「我沒騙你們！有個一頭白髮、身穿和服的阿姨，她就是巫婆！

她給我一個很奇怪的零食，我吃了之後就出問題了！你們去把她找來，拜託你們去找她！」

飯店的工作人員一臉嚴肅的說：

「這家飯店裡沒有你描述的客人。」

「啊？騙、騙人，她說她要去辦入住手續。」

「這三天我一直在櫃臺，根本沒看到這樣的客人。」

「怎麼會……」英也疑惑得抱著頭。

為什麼？為什麼會這樣？晚餐的時候還好好的，現在卻突然肚子餓，這不是很奇怪嗎？

英也手足無措的蹲在地上，聽到飯店的人和父母說話的聲音。

「這種行為太惡劣了，雖然是小孩子做的，但你們必須賠償。」

「好、好，我們知道，但請讓我們先帶兒子去醫院。」

「他以前不會吃這麼多，拜託你們，請讓我們先帶他去醫院檢查。」

「不行，你們必須先付錢。」

「我們不會不付錢，一定會負責賠償！」

就在這時——

咕嚕嚕嚕……

英也的肚子叫了起來。

所有人都倒吸了一口氣，英也在鴉雀無聲的廚房內小聲說：

「我肚子餓了……」

英也覺得意識慢慢模糊了起來，但他忍不住在心裡納悶，為什麼會這樣呢？

如果他在吃「無底洞魷魚」之前，有先看塑膠袋背面寫的說明，應該就不會發生這種事了。

因為上面清楚的寫了食用方法和警告標語。

明明還想再吃，但是肚子已經飽了，怎麼也吃不下。這對美食家來說，是很痛苦的煩惱。這種時候，「無底洞魷魚」就能大顯身手了。這款嶄新的創意商品，可以在胃裡養一隻貪婪的「胃魷魚」。聽起來有點可怕嗎？不不不，別擔心，只要細嚼慢嚥，胃魷魚就不會胡作非為。總之，吃的時候一定要細嚼慢嚥，千萬要牢記這件事。

松下英也，九歲的男孩。在飯店威脅紅子，得到了「無底洞魷魚」。

5 海鷗糖

深夜時分，紅子在一個海港城市下了車。

「唉，真是累死我了，沒想到行程會被打亂，但幸好訂到了民宿。沒錯，民宿的老闆娘說會為我們準備晚餐。墨丸，你是不是也餓壞了？這裡是海港城市，搞不好會有生魚片。」

說完，紅子戳了戳圍在脖子上的圍巾，但變成圍巾的墨丸卻一動也不動的，一點回應也沒有。

紅子有點著急，繼續開口說：

「喂，墨丸，你在生什麼氣？飯店的事我也很無奈啊，誰叫我們被那個看起來很壞心眼的小鬼看到了。保險起見，我們只好放棄住在那家飯店，我相信你也能理解吧？」

「……」

「不要再生氣了，我和你一樣，沒吃到那頓豪華大餐我也很失望啊。」

「……」

「這樣好了，幸好這裡是位在海邊的城市，明天我們自己出海去

釣大魚。」

「喵?」

「對,這次我們慢慢釣魚,一直釣到你滿意為止,還可以盡情吃新鮮的魚,你覺得怎麼樣?」

「喵喵!」

「太好了,那我們先去民宿,明天再去買釣魚的工具。對了,我們也可以露營,得去買些露營用品才行。」

紅子一邊唸著「看來明天會很忙」,一邊朝民宿的方向前進。

五郎是個頹廢的男人。

他的表情總是一臉陰沉，衣著打扮也很邋遢。

他的精神也很頹廢。雖然有工作，但只是做一天和尚撞一天鐘，並不想更努力，完全缺乏幹勁。

自從三年前他的太太去世之後，他就變成了這副模樣。對五郎來說，跟他結婚二十五年的太太是無可取代的伴侶，正因如此，當太太去世只留下他一個人時，他根本不知道該如何是好。再加上他們沒有孩子，所以五郎對所有事物都意興闌珊。

五郎唯一的樂趣就是出海釣魚。

每逢假日，五郎就會早起，帶著釣具和魚餌走出家門。他釣魚並沒有固定的地點，每次都是看當天的心情去漁港、沙灘或是海邊。一旦決定地點之後就不會再移動，一直待在原地靜靜的等魚上鉤，這就是他釣魚的方式。

雖然常常一無所獲，但五郎喜歡「等待」這件事。

一個人靜靜的看著大海，心靈就像是受到了洗滌，而且看著海鷗在海上飛來飛去，心情也特別的好。吹著海風，便利商店的飯糰也變得更美味可口，他只有在那一刻才覺得自己很幸福。

如果能夠釣到魚，那就是錦上添花了。

當浮標慢慢沉入水中時，那種「上鉤了！」的興奮感；握著釣竿的手感覺到魚咬住釣鉤的感覺；捲動釣線時不想扯斷釣線，要和魚鬥智鬥勇、鬥耐力，時而小心謹慎，時而又要大膽的和海裡的魚較勁。

最後終於把魚從海裡釣起來時，內心會充滿「我贏了！」的滿足感。

他釣魚釣了十年，至今仍然不知厭倦。

這一天，五郎想出海釣魚，於是他在漁港租了一艘小船，發動馬達後乘風破浪的來到了海上。

小船在海上行駛不久，就看到了一座小島。這個島雖然很小，但是島上長滿了翠綠的青草，還有巴掌大的海灘。

這個無人島是五郎很喜歡的釣魚地點。雖然少有釣客知道這個祕境，但這裡經常可以釣到很大的眼張魚。

「好，如果釣到了眼張魚，就來吃生魚片。」

新鮮的眼張魚生魚片肉質光滑透亮，看起來賞心悅目，而且那扎實的口感簡直令人欲罷不能。

五郎忍不住呵呵笑了起來。兩隻海鷗從他的頭頂飛過，看到自己最喜歡的海鷗，五郎的心情更好了。

今天應該可以釣到大魚。

他渾身充滿幹勁，將小船駛向無人島。

當他抵達無人島時，忍不住大吃一驚——島上竟然已經有人到了。

沙灘上停著一艘小船，無人島中央還有一頂黃色的帳篷。

到底是誰來這裡？五郎不由得東張西望起來。

這時，他在小島東南方的海岸邊看到了人影。

那個女人身材很高大，全身上下都穿著釣魚裝，她坐在岩石上，手上還拿著一根嶄新的釣竿，而且她的身旁竟然有一隻很大的

黑貓。那隻黑貓看起來和那個女人的感情很好，正專心注視著釣竿前方的動靜。

這時，女人發現了他。

眼前奇妙的景象，讓五郎忍不住眨了眨眼。

「哎呀，你好啊。」

女人嫣然一笑。她的笑容很可愛，但是看不出年紀。她的臉頰豐腴，給人感覺很年輕，卻又像是上了年紀。

「你好，有收穫嗎？」

「完全沒有，我想應該是我技術太差的關係。」

女人說話的語氣與眾不同，她舉起釣竿，從海裡拿出來的釣鉤上什麼也沒有。

「真是的，魚餌又掉了。」

「喵嗚！」

「好啦，墨丸，我知道，我一定會釣魚給你吃，你再等我一下。」

「喵嗚嗚。」

女人安撫著在一旁抱怨的黑貓，打算把魚餌裝到釣鉤上，但是她的動作很慢，而且看起來很危險。她似乎是第一次釣魚。

五郎看不下去，主動提出「要不要幫忙？」女人一聽露出鬆了一口氣的表情。

「你願意幫忙嗎？真是太好了。」

「哪裡，只是舉手之勞而已。魚餌要像這樣裝在釣鉤上，放進水裡時動作要輕，否則魚餌就會脫落，沒辦法釣到魚。」

「原來是這樣啊。」

「還有，當浮標抖動時不要馬上捲釣線。魚出乎意料的小心謹慎，在大口咬餌之前，都會輕啄魚餌嘗味道。」

「原來如此，我知道了。」

女人專心的聽他說話，讓五郎感到有點不好意思。這三年來，從來沒有人這麼依靠自己，認真聽自己說話。

「差不多就是這樣，我在你旁邊釣魚，如果有什麼問題或是遇到什麼困難，隨時都可以問我。」

「謝謝你這麼幫忙，我對釣魚一竅不通，真是受益匪淺。」

五郎在準備釣竿時問她：

「你是第一次釣魚嗎？」

「對，雖然常用『現釣鯛魚燒』釣鯛魚燒……但真正的釣魚果然很難。」

「釣鯛魚燒？」

五郎笑了起來，覺得她真是愛開玩笑。

女人說自己叫做紅子，她的貓叫墨丸。

「我第一次看到有人帶貓來海釣。」

「呵呵，無論我去哪裡，墨丸都會跟著我。」

「這隻貓真漂亮，身上的毛很有光澤。」

「謝謝。」

愛貓受到稱讚，紅子發自內心感到高興。

他們天南地北的聊著天，同時也等待著魚兒上鉤。五郎雖然不

擅長和人聊天，卻和紅子聊得很愉快，這一定是因為紅子身上有種不可思議的感覺。

一問之下才知道，紅子是趁休假期間帶著墨丸四處旅行。

「你們在旅行嗎？這樣真不錯，但是……在旅行途中跑來釣魚，還真是少見啊。」

「為了你的貓？」

「沒什麼，這都是為了墨丸。」

「對，我和牠約好要讓牠吃很多螃蟹，結果卻發生了一點狀況，不得不取消吃螃蟹的計畫，結果牠就很生氣。」

「原來是這樣，所以你想釣大魚給牠吃，彌補沒吃到螃蟹的遺憾嗎？」

「對，我們從昨天就住在這座小島上，無論如何，我一定要釣到大魚。」

紅子說完，還伸手指了指那頂黃色帳篷。

沒想到竟然有人對貓這麼用心，五郎不由得感到佩服。

「真是了不起。對了，你們旅行的目的地是哪裡？」

「我們沒有決定目的地，只是四處走走，去想去的地方，享受美食和美景。」

「漫無目的的旅行嗎？真棒，我也很想試一試。」

五郎情不自禁的看向大海。海鷗在海上飛來飛去，他很希望可以像海鷗一樣在空中翱翔，就這樣飛向遠方不再回家。因為失去太太後的家空蕩蕩的，實在太寂寞了。

這時，紅子開了口。

「你從剛才就一直在看海鷗，你喜歡海鷗嗎？」

「對，我很想變成海鷗。你不覺得牠們的生活很棒嗎？在大海中抓魚，在天空中自由飛翔，簡直是完美的生活方式。」

「這樣啊，」紅子雙眼發亮，「如果是這樣，我有一樣很適合的

東西……」

「很適合的東西？」

紅子正打算繼續說下去，但剛才靜靜守在一旁的墨丸，突然大

叫了起來。

「喵喵喵！」

轉頭一看，紅子的釣竿前端用力的向下彎曲。

「上鉤了，魚上鉤了，我釣到魚了！」

「你冷靜一點！如果突然捲起釣線，釣線會斷掉！」

「怎麼辦……魚、魚很用力在拉扯！」

「我來幫你⋯⋯呃，這應該是一條大魚！」

「五郎先生，接下來該怎麼做？」

「你先不要緊張，沒問題的。魚現在會拚命掙扎，你就讓牠掙扎，等牠累了，再慢慢收起釣線。沒問題，你一定可以做到！」

「好，我知道了！」

接著他們專心的對付那條魚。兩個人輪流拿著釣竿，沉著的等待魚疲憊的時刻到來。

就這樣，魚隨著慢慢收起的釣線，漸漸來到接近水面的位置，在海浪之間，可以看到泛著白光的魚影。

「好大！這條魚太巨大了！」

「五、五郎先生，我的手臂快發麻了！」

「再加把勁！我來拿網子。」

五郎急忙拿出自己的撈網，一下子把紅子拉出水面的魚撈起來。

那條魚很重，連他都差點要跌進海裡了。

這也難怪，因為紅子釣到了一條六十公分長的黑鯛。無論是像盔甲般發出黑色光澤的魚鱗，還是魚的尺寸，全都令人嘆為觀止。

五郎興奮不已，簡直就像自己釣到了大魚。

「太、太厲害了！好漂亮的黑鯛，這種魚一般很難釣到，你的運

氣太好了。」

「對，也許是吧。要釣到這條魚真不容易，快累死我了。」

雖然喘得上氣不接下氣，但紅子的臉上帶著笑容。

「真是太好了，這下子終於完成了和墨丸之間的約定。五郎先生，都是多虧有你的指導。對了，如果你不嫌棄，要不要來我們的帳篷？我們一起分享這尾黑鯛。」

「這是我的榮幸，一定很美味。」

就這樣，他們兩個人和一隻貓帶著那尾魚，興高采烈的走向帳篷。

帳篷內有露營和烤肉需要用到的所有用品，當然也有烹飪工具和調味料。

「太厲害了，連味噌和奶油也有⋯⋯好，那我來下廚吧。別看我這樣，其實我的廚藝很不錯。」

「那就拜託你了。」

五郎很久沒有做菜給太太以外的人吃了，他挽起袖子開始殺魚。

他用「三枚切」的方式把魚肉切了下來，然後把最大的那塊魚肉做成生魚片，剩下的魚肉則灑上麵粉、鹽和胡椒，用奶油煎熟。

剩下的魚骨和魚頭也沒有浪費，全放進鍋子裡，再加入味噌，做成

了好喝的味噌魚湯。

紅子也俐落的洗米煮飯，準備了碗筷。

「好，完成了！」

無人島上的午餐很豐盛。

新鮮的生魚片肉質緊實，嫩煎魚排的奶油香氣十足，味噌魚湯讓全身都暖和起來，熱騰騰的米飯更是美味可口。

紅子不停說著好吃、好吃，連喝了好幾碗魚湯，也稱讚嫩煎魚排簡直是極品。

墨丸也沒閒著，牠大快朵頤的吃著生魚片

五郎感到很滿足。

雖然當初開始釣魚，是覺得可以獨自享受釣魚的樂趣，但現在他覺得和別人一起釣魚也很開心，而且有人吃自己做的菜，也讓他很高興。

正當他沉浸在這種心情時，突然想起一件事。

五郎轉頭看著紅子問：

「對了，你剛才好像有什麼話沒說完。」

「哦？是嗎？」

「對啊，你說有什麼很適合的東西。」

「哦，原來是這件事。」

紅子目不轉晴的看著五郎，五郎覺得自己的內心深處好像被她看穿了。

紅子笑了笑，對他搖搖頭說：

「沒事，請你忘了這件事。」

「這、這樣啊，那就算了。」

吃完午餐，他們決定一起喝杯咖啡。

紅子用小瓦斯爐燒開水時，突然聽到了鳥叫聲。抬頭一看，有一隻水鳥在他們的頭頂上盤旋。

「那是……雁鳥嗎？真是少見啊，這種鳥通常不會來這裡。」

「不，那是……『聯絡落雁』。」

「聯絡？」

「應該是我們店裡派來的。五郎先生，我可以離開一下嗎？」

「啊？好，請便、請便。」

「那我就失陪一下。啊，咖啡在帳篷內，等水燒開了，你可以先喝。」

紅子說完便轉身離開。奇怪的是，原本在頭頂盤旋的水鳥，也跟在紅子身後飛走了。

五郎獨自留在原地，剛才跟在紅子身邊的墨丸也不知道去了哪裡，可能是去尿尿了吧。

這時，水壺發出了咻咻的聲音——水燒開了。

五郎關了火，走進黃色帳篷拿咖啡。他一走進帳篷，整個人就愣住了。

帳篷內除了有很多露營用品，還有一個大皮箱。

那個皮箱很舊，一看就知道很有來歷。

「裡面裝了什麼？好想打開皮箱，好想打開看看裡面。」五郎在伸出手時猛然回過了神。

「我在幹什麼啊？絕對不可以這麼做，怎麼可以隨便打開別人的皮箱？趕快找到咖啡就離開帳篷。」

但是他還是站在皮箱前無法動彈，只要稍不留神，手就會伸過去打開箱子。

這時，他突然想到一件事。

也許咖啡就放在皮箱裡。沒錯，一定是這樣。如果是為了找咖啡，即使打開箱子應該也沒關係。

他為自己找到一個牽強的理由，終於打開了皮箱。

皮箱內裝了許多色彩鮮豔的零食和玩具，所有東西看起來都閃

閃發亮，好像是裝在皮箱裡的寶物。

其中有一樣東西特別吸引五郎。

那是一個裝在透明袋子裡的糖果，透明的藍色糖果很漂亮，簡直就像是玻璃工藝品。糖果的形狀也很特殊，它不是圓的，而是一隻展翅高飛的海鷗，袋子上用漂亮的細體字寫著「海鷗糖」。

五郎一看到「海鷗糖」就很想要。

不行了，五郎無法克制自己，心中一直覺得無論如何都想吃這種糖，而且一定要馬上吃下去。等一下再向紅子道歉好了，就這麼辦，先吃再說，這是唯一的方法。

他不顧一切的把海鷗糖放進嘴裡。

海鷗糖嘗起來很甜，而且口感清新，帶有一股海水的香氣。那是五郎很熟悉的香氣，而且糖果就像是用水做的一樣，一下子就在舌頭上融化了。

五郎很快就吃完了海鷗糖。

突然間，他感覺到呼吸困難。

「這裡的空間太狹小了，要趕快去更寬敞的地方。」

五郎抓著喉嚨衝出帳篷，卻依然感到呼吸困難。

「這裡不行，要去更前面，要去更前面才行。」

五郎繼續奔跑，他穿越了無人島上的岩石區，然後向大海縱身一跳。

但是他並沒有落入水中，五郎張開的雙臂乘著風，輕盈的在風中飛了起來。

五郎驚訝的看向自己的手臂，他發現自己的手變成了細長的白色翅膀。

低頭一看，自己在海面上的倒影並不是人類的樣子，而是一隻張開翅膀的鳥。

五郎領悟到自己變成了鳥，自己終於變成嚮往的海鷗了。

他當然很驚訝，卻也感受到極大的喜悅。

「我是海鷗！我變成海鷗了！」

五郎欣喜若狂，覺得其他的事都無所謂了。

五郎盡情的飛翔，他美麗的翅膀完全不覺得疲倦。他一用力揮動翅膀，身體就輕盈的向前滑行，只要順利的乘著風，還可以飛向更高的地方。

當身體發熱時，只要去海面休息片刻就好。身體隨著海浪搖晃，舒服得像是坐在搖籃裡。

他也可以鑽進水裡抓魚，沒想到那些活蹦亂跳的小魚這麼美味。

太快樂了，太自由了。

當海鷗太快樂了，所以五郎完全沒有發現，他之前當人類的回憶和心情都漸漸變得淡薄。

最後——五郎消失了。

那裡只有一隻海鷗。

牠高聲叫著，再度飛向天空。

當她看到打開的皮箱，紅子忍不住嘆了一口氣。

紅子走回帳篷時，帳篷裡空無一人，五郎不見了。

「唉，他還是……發現了『海鷗糖』。」

墨丸驚慌失措的跑了過來。

「喵嗚！喵嗚喵嗚喵嗚！」

「對，我知道，五郎變成海鷗飛走了，對不對？」

「喵嗚？」

「不，他應該不會回來了。」

紅子露出寂寞的笑容。

「有些想要變成動物和鳥類的人，會無法再變回人的樣子。我一看到五郎就發現了，他是不會變回人類的那種人，所以也覺得『海

鷗糖』很適合他……可是後來發現他對身為人類的生活方式產生了希望，我就沒有給他了……真遺憾，原本還想和他一起喝咖啡呢。」

「喵嗚。」

墨丸靠在紅子身上，似乎是想安慰她。紅子摸著墨丸的背，點了點頭說：

「是啊，這也是五郎自己的選擇。也許對他來說，忘記自己曾經是人類，自由自在的在天空和大海之間飛翔是一種幸福。」

紅子挺直身體，似乎打起了精神。

「墨丸，我們的旅行要結束了，留在店裡的招財貓送信來，希望

「我們趕快回家，好像發生了什麼大事。」

「喵嗚？」

「不，我不知道發生了什麼事，招財貓並沒有把重要的內容告訴『聯絡落雁』。總之我們得回家了，但也不必太著急，應該可以趕上今晚的末班車。」

「喵嗚喵嗚！」

「喔，你說得對，謝謝你提醒我，我忘記預留時間去買伴手禮了，那我們要趕快出發。」

紅子急忙動手收拾帳篷。

田口五郎，五十二歲的男人。在無人島上遇見紅子，擅自吃了

「海鷗糖」。

6 靈感豆沙苞

遙香的哥哥一志是手藝很好的和果子師傅，他做和果子的想法很開放，也很擅長將傳統的豆沙或麻糬和奶油、堅果結合，做出現代人也喜歡的和果子。最重要的是他做出的成品味道很協調，只要吃一口，就讓人有幸福的感覺。

美中不足的是，一志做的和果子賣相不好，不知道該說是不夠可愛還是缺乏魅力，整體感覺很俗氣，讓人不會有想買的欲望。

「哥哥，你做的甜點就輸在賣相上，要做得可愛一點，讓客人想要吃。趕快趕快，你要在造型上多下點工夫。」

遙香這麼激勵哥哥是有原因的。不久之後即將舉辦和果子比賽，一旦在比賽中獲勝，就可以馬上打響名號，如果將比賽中獲勝的和果子作為店裡的招牌商品，一定會有很多客人上門。

一志的夢想，是想將已經去世的父母留下的「皋月堂」，打造成日本最出色的和果子店；而妹妹遙香的目標，就是要協助哥哥完成這個夢想。

「你做的和果子味道無人能比，如果沒辦法讓賣相也配得上味

180

道，那就太可惜了，所以這三款都不行。」

「啊？又不行？我覺得這款金魚寒天凍很不錯啊。」

「駁回！這個不行，金魚的眼睛太大了，簡直就像妖怪。而且為什麼要做成凸眼金魚的造型？做普通的金魚造型就好了啊。」

「凸眼金魚也很可愛啊。嗯，真的很可愛，就算不能參加比賽，但可以作為店裡的商品吧？」

聽到哥哥一志老神在在的這麼說，遙香感到很頭痛。

一志個性溫柔又很努力，只不過有些地方和現實有點脫節，遙香一直覺得自己得好好督促哥哥才行。

「總之很快就要比賽了，你要趕快想一款出色的和果子。」

兩兄妹每天都為要參加比賽的和果子造型和味道絞盡腦汁，卻遲遲找不到靈感。日子一天一天過去，遙香整天都提心吊膽的。

沒想到一志終於設計出一款很棒的和果子。

那天早上遙香一走進工房，就看到了盤子裡的和果子。那是一隻小黑貓和一隻小白貓依偎在一起，看起來相親相愛，而且很可愛。

「你……你覺得怎麼樣？」

一志戰戰兢兢的問妹妹遙香。

「我昨天看到店附近的貓坐在一起，看起來感情很好，就想到了

182

這個點子。兩隻小貓都是用米粉做的『練切果子』。

「嗯……這很棒。」

「啊？」

「很棒！這個造型太棒了！哥哥，這個好可愛，你只要用心就可以做到嘛！」

「還……還是不行嗎？」

「……」

向來很嚴格的妹妹難得稱讚自己，一志開心的笑了起來。

就在這時，遙香倒吸了一口氣。因為工房的後門開著，她發現

有一個人站在那裡。

那個和一志一樣，在白色工作服外繫著白色圍裙的男人叫大室

龍司，他也是製作和果子的師傅。他和一志在同一家和果子店裡拜

師學藝，是一志的師兄。

遙香很討厭這個人，雖然一志向來不以為意，但遙香發現大室

經常剽竊一志的點子，而且還因此得到了肯定。

大室在和皋月堂隔了兩條馬路的地方開了一家「黃金堂」，兩

家店是相互競爭的關係。

大室是什麼時候站在那裡的？他該不會已經看到一志的新作品

了吧？

遙香立刻警戒起來，一志卻毫無防備的笑著說：

「喔，龍哥，好久不見，有什麼事嗎？」

「沒什麼大事啦，你也要參加比賽吧？你知道比賽會場的地點改了嗎？」

「啊！真的嗎？」

「我就猜你不知道，所以來送新的宣傳單給你。」

大室甩著手裡的宣傳單，走進皐月堂的工房，然後瞥了一眼桌上的和果子。

「喔，你難得做出這麼可愛的作品，是打算拿這個去參加比賽嗎？」

「是啊，我對味道也很有自信。黑貓是用豆沙和鮮奶油做的，白貓則是用白豆沙和核桃，還加了一點鹽巴提味。」

「喂喂喂，哥哥！你怎麼自己把祕方說出來啊？」

「啊？這有什麼關係嘛。」

看到遙香怒目圓睜的模樣，大室哈哈大笑了起來。

「對啊，你對我警戒心這麼重，讓我很受傷耶。別擔心，我的參賽作品已經決定了。那麼，就祝我們在比賽中都有好成績。」

大室說完就離開了。

「遙香，你剛才會不會太失禮了？」

「是你太遲鈍了！你忘記他已經剽竊你的點子好幾次了嗎？」

「有嗎？」

「你這個遲鈍鬼！而且哪有人會將準備送去參加比賽的重要作品拿來炫耀啊！真不知道你在想什麼，現在該怎麼辦啊。」

「好了好了，別這麼生氣嘛，龍哥沒有你想的那麼壞啦。啊，對了，我想到這兩個和果子的名字了。」

「什麼名字？」

「『小黑和小白』，是不是很可愛？」

遙香失望不已，她覺得哥哥對商品命名的品味也有待加強。遙

不過，即使名字有點土，這款和果子也不會有太大的問題。遙香為哥哥能在比賽前做出這款作品鬆了一口氣。

到了比賽當天。

各地的和果子師傅都來參加比賽，偌大的會場內有各式各樣的和果子。

一志把「小黑和小白」放在自己的攤位時，遙香去觀察別人的作品。雖然所有作品都可以感受到師傅的用心，但她覺得還是哥哥

的作品最出色。

正當遙香這麼想的時候，她看到了一個難以置信的作品。

那是一個貓咪造型的和果子，一對黑貓和白貓像勾玉一樣首尾相交，形成一個漂亮的圓形，簡直就像黑夜和明月結合在一起。那款和果子的名字，就叫做「月夜貓」。

製作者的名字也寫在牌子上，竟然是黃金堂的大室龍司。

遙香看了之後大吃一驚。

「不會吧……」

遙香看到站在攤位後方的大室，大室也看到了遙香，對她露齒

190

一笑——那是卑鄙的勝利笑容。

遙香恍然大悟。

大室這個人死性不改，他又剽竊了哥哥的創意，而且還厚顏無恥的拿來參加比賽，簡直是和果子界的老鼠屎。

遙香氣得腦筋一片空白，只能不停的顫抖。不一會兒，比賽就開始了。

十名評審走去每一個攤位了解參賽作品的外觀，並且品嘗作品的味道。

皋月堂和黃金堂的作品都進入了決賽。

最後，一位稍微有點年紀的評審委員長公布了比賽結果。

「雖然這兩款和果子的味道都無可挑剔，但黃金堂的作品外觀更有品味，所以這次由黃金堂獲得冠軍。不過真是太巧了，進入決賽的兩件作品使用了完全相同的材料，而且外觀也很相似。」

最後，比賽由黃金堂拔得頭籌。

大室賽後接受了媒體的採訪，遙香看到他得意的樣子，忍不住怒火攻心。

「卑鄙小人！明明就是個小偷，竟然還這麼厚臉皮，絕對不能原諒他！」遙香心想。

192

正當她想衝過去的時候，一志用力拉住了她。遙香一邊掙扎一邊小聲的說：

「我要去罵他，絕對不能原諒這種行為！」

「遙香，別衝動。」

「為什麼！怎麼可能會有這種巧合？我要把他的行為告訴所有人！」

「不行啦，不管是什麼原因，這次的比賽是我輸了。如果我去向龍哥抱怨，大家會覺得我輸不起，反而會引起負面的傳聞，這次就算了。」

一志臉色鐵青，但還是笑著說：

「別擔心，我再設計出更棒的和果子就行了。我下次會更努力，

走吧，亞軍的成績也很不錯啊。」

但是冠軍和亞軍的差異，比他們想像得更大。

到了隔天，黃金堂開始大排長龍，但皋月堂幾乎門可羅雀。

「和果子比賽冠軍作品『月夜貓』上市！」看到在黃金堂前飄揚

的巨大旗幟，遙香就恨得牙癢癢的，同時也很氣哥哥是個濫好人。

那個明明就是哥哥的和果子。哥哥也有問題，對那種人毫不設

防，所以才會被他剽竊，而且竟然不敢去抱怨，真是太沒出息了。

不過一志似乎也受到了打擊，雖然他強打起精神，但在比賽過後，他對做和果子就有點意興闌珊。

遙香起初很生氣，但日子久了，也不免開始擔心。

「要想想辦法才行，一定要讓哥哥振作起來。但是該怎麼做呢？」遙香獨自坐在店裡的櫃臺前苦思。

這時，難得有客人上門了。

「打擾了。」

「啊，歡迎光臨。」

遙香在打招呼後大吃一驚，因為走進店裡的女人身材高大，簡

直就像是相撲選手。

這個高大的女人穿著古錢幣圖案的紫紅色和服，脖子上圍了一條很有光澤的黑色毛皮圍巾，看起來貴氣逼人。雖然頭髮像雪一樣白，但臉蛋看起來很年輕，嘴唇上擦著紅色口紅，散發出嫵媚的感覺。她拎著一個大皮箱，似乎正在旅行。

遙香看傻了眼，女人微微彎下身體，打量著陳列和果子的櫥窗。

「哦，凸眼金魚的和果子很少見，我第一次看到呢。」

「啊，這是本店的獨家商品，包裹在外頭的是黑砂糖寒天凍，裡面是口感很像麻糬的甜點『求肥』，很容易入口，也可以享受到軟嫩

Q彈的口感。

「軟嫩Q彈聽起來很誘人……好，幫我把所有的凸眼金魚包起來，旁邊的竹葉丸子和奶油大福也各二十個。」

「這、這麼多嗎？」

遙香第一次遇到一口氣買這麼多的客人，再加上剛才原本很沮喪，所以忍不住喜極而泣。

「謝謝惠顧，那我多送你一個大福。」

「哎喲，這樣真是不好意思！」

「沒問題的，謝謝你買這麼多。我現在就把它們裝盒包起來，請

稍候片刻。

「好，拜託你了。」

遙香把和果子裝進盒子時，那個女人一直盯著她看，然後突然

開口問她：

「你昨天是不是沒睡好？」

「啊？」

「不好意思，因為我看你眼睛很紅，氣色也有點差，所以有點擔

心⋯⋯還是你有什麼煩惱？」

女人的聲音打動了遙香，她頓時眼眶泛紅，壓抑許久的不滿和

煩惱一下子湧上心頭。

當她回過神時，才發現自己把事情全都告訴了那個女人。

女人認真的聽她說完。

「哎喲，這還真是傷腦筋啊。」

「是啊。」

遙香咬著嘴唇點了點頭。

「我真的很不甘心，也覺得無法原諒……但是我現在更擔心哥哥的情況。他整個人都很頹廢，好像想不出什麼新點子了……真希望有可以源源不絕產出創意的藥。」

「有啊。」女人立刻回答。

「咦？」

「有你說的這種東西。」

女人露出從容不迫的笑容，從皮箱裡拿出某個東西。

「給你。」

女人遞給遙香一個透明的小塑膠盒，盒子裡是用豆沙做的和果子。

遙香原本以為是豆沙球，仔細一看，卻發現這個和果子不是圓的，而是含苞待放的花朵形狀。

遙香一看到它就強烈的想要擁有——她想要拿給哥哥吃。

女人小聲對屏住呼吸的遙香說：

「這是『靈感豆沙芭』，只要吃了它，靈感就會像花朵綻放一樣不斷湧現。」

「我、我真的可以收下它嗎？」

「當然可以，你多送我一個大福，我回贈你這個，所以你不用付錢。但是這種和果子效果比較強烈，所以吃的時候，一定要配茶食用。」

「配茶？」

「對，你有聽懂嗎？一定要記得。」

女人再三叮嚀後，才把「靈感豆沙苞」交到遙香手上。

「靈感豆沙苞」拿在手上沉甸甸的，比外表看起來還重，這種很有分量的感覺讓人很安心。

「謝謝！啊，我馬上為你把剩下的和果子裝盒。」

後來，這個神奇的客人帶著大量和果子離開了。

遙香目送客人離開後，急忙走去後方的工房。一志不在工房內，但他已經做好了煮紅豆的準備工作，不管是去什麼地方，應該很快就會回來。

遙香在大茶杯中倒了茶，把茶和「靈感豆沙苞」一起放在工房

的桌子上，一志回來馬上就能看到。

「這個給你吃，希望你振作起來。」

遙香留了紙條，再度回到店裡。

那天傍晚，一志走進店裡的表情很開朗，而且雙眼炯炯有神。

「遙香，你現在有時間嗎？」

「什麼事？」

「我做了新的和果子，因為草笛老師不久之後就要舉辦茶會了。

就是這個，你覺得怎麼樣？」

那是一個用葛粉做的和果子，半透明的葛粉包裹著紅色的豆沙

球，上頭再灑上少許的金箔，紅色和金色的對比很鮮豔，讓人聯想到被水包覆的珊瑚珠，有一種清涼的高雅感。

遙香很驚訝，原本意興闌珊的哥哥，竟然能想到這麼出色的新作品，難道是「靈感豆沙苞」發揮了效果嗎？剛才那個女人說的都是真的嗎？

遙香有點難以置信，但還是點了點頭。

「很漂亮，很不錯啊，我想草笛老師應該會很高興。」

「對吧？嗯，花道的伊吹老師也向我訂了和果子，我打算大膽的使用杏仁。」

「杏仁？通常和果子不會用杏仁⋯⋯啊，也對，那位老師很喜歡新穎的東西，搞不好很適合。」

「不光是杏仁而已，我還想到幾個點子，要趁忘記之前寫下來。」

遙香看到哥哥一臉興奮的表情，忍不住感動不已。

「太好了。」

「什麼太好了？」

「因為你又重新振作起來了，也有很多新的點子，這都是『靈感豆沙苞』的功勞！」

遙香眼眶泛淚的說，但一志滿臉錯愕的看著她問：

「『靈感豆沙苞』？那是什麼？」

「咦，你這麼快就忘了嗎？是一個和果子啊，我不是放在工房的

桌子上嗎？」

「咦？」

「我只看到茶，沒看到什麼和果子啊。」

兄妹倆目不轉睛的看著對方的臉。

「不會吧，你沒吃嗎？沒吃『靈感豆沙苞』嗎？」

「我剛不是說了嗎？根本沒看到你說的這種東西。」

「騙人，我明明放在桌子上，和茶放在一起……啊！」

該不會……遙香臉色發白。

「哥哥……你剛才出門了對不對？你有鎖上後門嗎？」

「呃，我可能忘了鎖……」

又吃了悶虧！遙香覺得眼前發黑。

一定又是他——黃金堂的大室，他一定又偷偷來店裡，然後看到「靈感豆沙芭」就偷走了。

大室一定以為靈感豆沙芭是一志新研發出來的作品，所以急急忙忙吃了下去，想了解是什麼味道，使用了哪些材料，然後也得到

了可以不斷湧現靈感的能力。

想到這裡，遙香忍不住流下了眼淚。

一志露出驚訝的表情，但隨即輕輕摸著妹妹的頭說：

「好了、好了，你別哭了。雖然我不知道是什麼和果子，但我會做出更好吃、更厲害的，好不好？所以你別哭了。」

「嗚嗚……」的和果子啊，我很想讓你吃下它啊！」

「嗚嗚！但、但是……『靈感豆沙苞』是可以激發很多靈感……」

「可以激發靈感的和果子？」一志笑了起來，「你真傻，即使不吃這種東西，我只要好好努力，就可以有很多靈感。不過還是很謝

謝你，這麼為我著想。我沒事了，以後也會更努力。」

看到一志露出笑容，遙香才終於停止哭泣。

一志看起來的確已經沒事了，他的雙眼比參加比賽前更加充滿霸氣。

但是一想到大室，遙香就很火大。大室偷吃了「靈感豆沙包」，以後應該會不斷推出很出色的和果子。想到「黃金堂」的生意會越來越好，遙香就很不甘心。

但是遙香猜錯了。

一個星期後的某一天，她剛好經過黃金堂的後門，聽到大室大

聲說話的聲音。

「不行、不行！這種舊商品晚一點再做，先做我新設計的和果子。」

遙香忍不住隔著窗戶向黃金堂內張望，發現大室在廚房內向其他和果子師傅下達指示。

「但、但是老闆，這樣會來不及做客人要的商品，慕名而來的客人都是來買『月夜貓』啊。」

「沒關係，新產品更出色，最重要的是，新產品的成本比『月夜貓』更便宜，而且做起來也更簡單。對了，豆沙要用比之前更便宜

的紅豆。」

「如果用便宜的紅豆，會影響豆沙的品質！」

「沒關係，反正大部分的客人根本不懂豆沙的味道，只要賣相好，吃起來還不錯，一定可以賣出去。對了，砂糖也要用便宜的。

哈哈！這樣就可以省下不少材料費，又可以賺更多錢了！」

大室哈哈大笑，其他師傅都露出為難的表情。這也難怪，因為如果不認真做店裡的招牌商品，還降低使用的紅豆和砂糖等材料等級，絕對會影響和果子的味道。

但是大室並沒有察覺這種危險性，滿腦子只在意那些接連出現

212

的靈感。

遙香倒吸了一口氣，想起送她靈感豆沙苞的那個女人曾經說過的話。

「大室在吃『靈感豆沙苞』時一定沒有喝茶，所以效果太強了，導致他滿腦子都只有靈感，無法顧及其他問題。」

事到如今，應該無藥可救了。遙香嘀咕了一句「自作自受」，就悄悄離開了。

不到一個月，「黃金堂」就倒閉了。因為大室完全失控，和果子的味道和品質一落千丈，客人也都不再光顧。

而大室則連夜逃走，不知道去了哪裡。

但是遙香已經不在意大室的事了。一志研發的新作品「水中鬼燈」很受歡迎，客人絡繹不絕。

遙香每天都在店裡忙得分身乏術，但這種忙碌很快樂、很開心。

「歡迎光臨，請慢慢挑選。」

遙香很有精神的招呼客人，臉上的表情就像正午的太陽般燦爛。

皋月遙香，二十五歲的女人。紅子造訪皋月堂時，送了「靈感豆沙苞」給她。

番外篇　神祕的訪客

紅子和墨丸回到了「錢天堂」。

紅子站在店門口，無限感慨的說：

「哎呀呀，雖然去很多地方玩得很開心，也經歷了有趣的事⋯⋯

但俗話說得好，金窩銀窩不如自己的狗窩，還是這裡最棒了。」

「喵嗚。」

「對啊，出門很快樂，回家也很開心。這次的旅行太完美了，但

那兩隻貓好像有很多話要說。」

紅子的視線看向兩隻小小的金色招財貓，牠們坐在紅子的皮箱上嘿嘿笑著。

「真是的，完全沒料到牠們會偷偷跟著我們，未免太精明了。雖然是我太大意，直到回程的新幹線上才發現這件事。哦，你們別想笑一笑就敷衍過去。總之，其他招財貓還在等我們，我們趕快進去吧。話說回來，到底是什麼重要的事呢？」

紅子拎起大皮箱和一大袋伴手禮，打開了店門。

「我回來了。」

許多金色招財貓嚷嚷著從裡面衝了出來，牠們都跳到紅子身上，七嘴八舌的叫了起來。

「喵啊喵啊喵啊！」

「喵嗚喵嗚嗚！」

「嗚喵喵喵！」

「喂喂喂，你們同時說話我根本聽不清楚。你們不要激動，一個一個說。」

「喵、喵嗚！」

「小孩子？有小孩子來店裡？是客人嗎？」

「喵嗚！」

「他還在這裡？這是怎麼回事？」

紅子臉色大變。

這時，一名年約八歲的男孩從店裡走出來，他穿著樸素的棕色襯衫和短褲，對紅子笑著說：

「歡迎回來，你就是老闆娘吧？」

「是啊，你是哪位？」

「我叫健太，我會留在這家店裡，請多指教。」

男孩向紅子鞠躬行禮。

終於要出門旅行了，喵。

和主人一起去旅行，真是讓人太興奮了，喵。

在新幹線上吃的便當太好吃了，喵喵喵。

2月4日　天氣晴

2月7日 陰天

今天的行程是爬山。

雖然山頂上是陰天，

但主人打開「陽光罐」召

喚了太陽公公，順利看

到了美麗的風景，喵。

2月8日 天氣晴

下山後我們去泡了溫泉ノ喵。

雖然溫泉很棒ノ但

浴池裡有許多「肩膀疼

痛地藏」ノ我差點就在

浴池裡溺水了。

2月11日　天氣晴

我們決定從無人島直接回家。

我把那條魚的魚骨頭也帶回家了，喵喵。

因為我要讓那些招財貓看看那條魚有多大，喵。

神奇柑仔店9

消除痰痛地藏饅頭

作　　者｜廣嶋玲子
插　　圖｜jyajya
譯　　者｜王蘊潔

責任編輯｜楊琇珊
特約編輯｜葉依慈
封面設計｜蕭雅慧
電腦排版｜中原造像股份有限公司
行銷企劃｜陳詩茵

天下雜誌群創辦人｜殷允芃
董事長兼執行長｜何琦瑜
媒體暨產品事業群
總經理｜游玉雪
副總經理｜林彥傑
總編輯｜林欣靜
行銷總監｜林育菁
主編｜李幼婷
版權主任｜何晨瑋、黃微真

出 版 者｜親子天下股份有限公司
地　　址｜台北市 104 建國北路一段 96 號 4 樓
電　　話｜（02）2509-2800　傳真｜（02）2509-2462
網　　址｜www.parenting.com.tw
讀者服務專線｜（02）2662-0332　週一～週五：09:00~17:30
讀者服務傳真｜（02）2662-6048
客服信箱｜parenting@cw.com.tw
法律顧問｜台英國際商務法律事務所．羅明通律師
製版印刷｜中原造像股份有限公司
總 經 銷｜大和圖書有限公司　電話：（02）8990-2588

出版日期｜2021 年 5 月第一版第一次印行
　　　　　2024 年 1 月第一版第二十一次印行
定　　價｜300 元
書　　號｜BKKCJ067P
ISBN｜978-957-503-969-1（平裝）

訂購服務
親子天下 Shopping｜shopping.parenting.com.tw
海外・大量訂購｜parenting@cw.com.tw
書香花園｜台北市建國北路二段 6 巷 11 號　電話（02）2506-1635
劃撥帳號｜50331356　親子天下股份有限公司

國家圖書館出版品預行編目資料

神奇柑仔店9：消除痰痛地藏饅頭／廣嶋玲子
文；jyajya 圖；王蘊潔 譯 .-- 第一版 .-- 臺北市：
親子天下，2021.05
　224 面；17X21 公分 .--（樂讀456系列；67）
　注音版
　ISBN 978-957-503-969-1（平裝）

861.596　　　　　　　　　　　110003522

看完故事後，意猶未盡嗎？
掃描 QRCode，閱讀獨家故事，
還能動手製作錢天堂的零食喔！

立即購買 >